文春文庫

苦汁100%

濃縮還元

尾崎世界観

文藝春秋

苦汁100％　濃縮還元

目　次

苦汁100％　濃縮還元

2016年

7月19日

昼過ぎから夕方まで雑誌の取材。若い子が読むファッション誌の取材は刺激的だ。

10代の読者モデルの女の子とバンドメンバーが一緒に撮影をするという企画。

お洒落カメラマンは「イエス、ハイ、イイネ、うん、イエス、ナイス」と言いながらシャッターを押し続ける。「じゃあ肩に手置いちゃおうか」という指示があって、女の子の手が肩に。その手の震えは俺にしかわからない。無責任なカメラマンにはわからない。

この子はきっと良い子だろうなと思った。

「イエス」

カメラマンは忙しそうにシャッターを押し続けていた。

7月20日

朝からテレビの収録。普段、朝の5時頃まで起きている為、当然満足に眠れず朝9時半から本番。なんとか無事に終わってよかった。

眠かったので事務所で仮眠。途中、「何か食べなくて大丈夫ですか?」とお母さんのような心配をしてくれたベースのカオナシ[1]を、それに甘える息子のような態度で追い払ってしまう。寝ぼけてたんだ。申し訳ない。

その後、フジテレビへ。#ハイ_ポール[2]の収録。5時間以上、あっという間で、それは周りの人達がそうさせてくれているんだと思う。

ありがたい。

夜はスカパラ加藤さん[3]と飲酒。楽しかった。ブラジルに行く加藤さん。寂しくなるけれど、これから毎日、地面に向かって話しかけようと思う。

7月21日

朝からJ-WAVEで収録。ヤクルトスワローズのオンドルセク投手が退団というニュース。悲しい。
その後は立て続けに雑誌の取材。あっという間に夜に。
良いんだか悪いんだかよく分からない、お通しで出てきた煮こごりのような1日。

7月22日

昼過ぎからスタジオでリハ。そのまま大阪へ出発。新幹線で寝ると必ず頭が痛くなるのはなぜだろう。
ちょうどNEWS ZEROの放送日だったので、ホテルで見る。嬉しかった。丁寧に取材して貰えて、自分の過去を掬《すく》い上げて貰って。テレビに出ると相変わらずネットでは批判が噴き出す。コイツ喘《あえ》ぎ声だしてるだけだろう。喘ぎ声で商売してるって凄い世界観だな。こんなようなことを書かれていた。よっぽど癇《かん》にさわるんだろう。(ポンポン。癇にさわる音)
風呂場で本を読んでいたら中に挟まっていた投げ込みチラシを落としてしまった。浴槽に沈むふやけた紙が入浴剤のように見えた。
もし本当に中から文字が出てきたら面白いなと思った。文字風呂。「今日1日お疲れ様でした」とか「明日も頑張りましょう」とかそんな文字が出てきたら癒されそうだ。

7月23日

寝坊した。遅れて出発。天気も会場の雰囲気も良くて、良い状態でライブが出来た。

今日は雑誌Ｔａｌｋｉｎｇ Ｒｏｃｋ!主催のフェス。出番前、編集長吉川さんのＭＣで、次の号の表紙になることを知った。粋な発表の仕方。

吉川さんの人柄が出た良いフェス。ステージの向こう、お客さんが居る所と、出演者の居るバックステージの雰囲気が同じフェスは珍しい。色んな意味で風通しの良いイベントだった。改めて「人」が作るものなんだなと思った。

東京へ帰る新幹線で野球中継のラジオを聴きながら寝てしまった。起きたら試合が終わっていた。勝っていた。

やったー!

7月24日

由規[4]、5年ぶりの勝ち投手。ヒーローインタビューはしっかりとした受け答えで、勝手に期待してしまっていた「号泣ヒーローインタビュー」ではなかった。大人になったんだな。

夜はａｉｋｏ[5]のライブ。素晴らしい。永遠のアイドル。

7月25日

雑誌ＢＡＲＦＯＵＴ！の取材。編集長山崎さんが歌詞のことを丁寧に聞いてくれて嬉しかった。最近、音専誌ではほとんど歌詞のことを聞かれなくなった。聞かれたら答えるし聞かれなければ答えようがない。インタビューである以上は。それでも雑誌には出なければいけない。フェスも一緒。ある一定のポジションまで登りつめなければ、「あのバンド消えたな」で片付けられてしまう。今は、「敢えてやらない」という選択肢がない。周りがやってるから、という理由。小学生が親にオモチャをねだる時と同じ理由でバンド活動をしていくのは格好悪い。しっかり考えなければいけない。

　夜は古くからの友人ジャンボさん[6]と新富町で飲酒。今一番、新富町が好きだ。楽しい時間だった。メルマ旬報[7]に登録したジャンボさん。偉い。

7月26日

　昼から雑誌の取材。６誌。よく喋った。

　帰って家でビール飲んで飯を食って就寝。ヤクルトも負けたし、ボテボテのセカンドゴロのような１日。

　ところで、月額いくらか払って携帯やパソコンでタダで音楽を聴くやつ。あれはどうなんだろうか。まだ答えは出ていない。好きか嫌いかで言えば嫌いだ。無料のアプリではラジオで流れた音源が違法であげられるケースも珍しくないらしい。

（発売前の新曲『鬼』がそうだった）

　なんだか、白飯だけ買ってデパートの試食品をオカズにして食うみたいな、そんな印象だ。

7月27日

帰り道、世田谷公園の周りに溢れるポケモンを探す人々。なんか勘違いされそうで、携帯を出すのが恥ずかしくて我慢して歩いた。

ポケモンＧＯと言えば、今日はニュースの記事で編集長、水道橋博士を見た。「おい、しっかり書いているか?」と問いかけられているようで気が引き締まる。

安心してください、書いてますよ。

(こうやって流行は風化していくのだろうか)

7月28日

昼から取材。新しいアルバムのことをひたすら話す。その後、スタジオでリハ。途中どうしても野球の結果が気になる。でもどうせ負けているだろうし、ちょうどｉＰｈｏｎｅの電池も切れているから見ないでおこう。でも気になる。横でギターの小川君[8]が見ている。聞いてみよう。１対９で負けている。あぁ、やっぱり。ちっくしょう。もうやめよう。絶対見ない。

帰宅後、風呂上がりに阪神ファンの宇野君[9]から着信。極力刺激しないように、さり気なく野球から遠ざけて話したけれど、最後の最後に、嬉しそうな声で「阪神最下位脱出したでー」。

デイリーの見出しか！

7月29日

生放送。放送作家の鈴木おさむさんのラジオ番組に。

小説『祐介』を読んだ感想を的確に、熱量を持って話して貰えた。あぁ、嬉しかった。最高の気分でＴＯＫＹＯ　ＦＭを後に。

舞い上がったまま、いつも通っているあの本屋へ。『祐介』がどこに置かれているかの確認へ。前は３冊、サブカルコーナーにぽつんと置かれていた。でも、テレビや雑誌で何度か取り上げて貰った今なら、きっと。そう信じて見たけれど無い。文芸のコーナーに置いていない。サブカルコーナーを見てみると前よりも増えている。おまけに奥の人気の無い音楽書籍コーナーにも追加で大量に並んでいて、絶対に文芸と認めないという書店側の意地を感じた。

ドラフトで、巨人に行きたいのにオリックスに指名されたら、こんな気持ちになるのかなぁと思った。

7月30日

石巻のａｐ ｂａｎｋ ｆｅｓでライブ。半分以上のお客さんが会場内を移動するのを眺めながらライブをした。知名度が無く、中身も伴っていないからしっかりライブを見て貰えない。普段のロックフェスでどれだけ甘やかされていたかを痛感した。悔しかったけれど、貴重な経験だった。また出たい。

そのあとに見たＭｒ．Ｃｈｉｌｄｒｅｎのライブが凄すぎた。（かおる）

7月31日

マッサージへ。あまりにも的確に体を押してくれるものだから、思わず「このあと、飲みに行きませんか？」と誘ってしまいそうになった。

中国の方で、言葉が満足に伝わらない状況だから、より一層、それ以外の部分で丁寧な気遣いを感じて幸せな気持ちになった。

2016年7月

夜、地元の友達と飲んだ。自分の店を出す決意をした料理人は良い顔をしていた。車で拉致されて、全裸でボロボロの状態で土手に捨てられた経験がある彼は『祐介』の最後の方に凄く共感したと言っていた。

そのとき、たまたま通りかかっただけなのに、わざわざ家に帰って股間が隠れる程の大きいTシャツを持ってきてくれたB－BOYには未だに恩義を感じていた。

8月1日

雑誌MUSICAの連載で鹿野さん[10]と神楽坂へ。いつ行っても硝子《ガラス》（十代）の頃の思い出が蘇《よみがえ》る。

前に勤めていた製本会社、マンションが付いた近代的な神社、タイミング悪くこの日から改装に入った髪をひっつめてリネンのシャツを着た女子がスコーンを買いに来そうな洒落た商業施設、袋を別にして欲しいと伝えた途端に機嫌が悪くなる総菜屋のオッサン、汚れた喫茶店。

この日も思い出に残るものが多かった。鹿野さん、いつもありがとう。

8月2日

昼から立て続けに取材。最後は両国。漫画家の入江喜和[11]先生、新井英樹[12]先生夫妻の家で撮影。

急遽、新井さんの仕事部屋で撮影をさせてもらえることに。カメラマンの篠山紀信さんが凄く優しくて、お洒落な方で、驚いた。好きになりました。

撮影終わりにそのまま残って皆で飲んだ。相変わらずご飯が美味しい。食べすぎた。いつ行っても楽しい場所。またすぐに行きたい。これからも頑張ろうと思った。新井さんに『ガープの世界』のＤＶＤ、入江さんに小説『十年ゴム消し』、漫画『義男の青春』を借りた。

8月3日

フジテレビで#ハイ_ポールの収録。相変わらず楽しい収録。少しでも長く続いて欲しい。毎回良い時間で、この収録があることで精神的に、色んなことを立て直せる。ヤクルトの連敗も止まったし、いい日。（旅立ち）

8月4日

昼からスタジオでバンドリハ。そしてＪ－ＷＡＶＥへ。やっぱりＪ－ＷＡＶＥが好きだ。好きな人が多いし、とにかくなんか良い。行くと元気になる。

由規が復帰２勝目。１２０球の熱投。１１９球目、１４９キロのストレート、泣けた。

涙腺《るいせん》というキャッチャーミットから涙が溢れた。巨人ファンの伊賀さん[13]から「由規おめでとう」とメールが。ありがとうございます。

8月5日

イベント前乗りの為、幕張のアパホテルに宿泊。花火大会のせいか人でごった返すホテルのロビー。ホテル内にあるコンビニも長蛇の列。

朝方まで眠れず、なんとなく気が重い。

無断欠勤したバイト先からの着信で震える携帯電話のような、そんな１日。

8月6日

幕張の花火大会でライブ。ステージと客席のスタンドには、退廃的なムードが漂っていて、なんだか懐かしい気持ちになった。祭りとか花火って、本来こういった諦《あきら》めとか寂しさの上で成り立ってるよな、と思い出した。

いつも印象に残るのは、祭りや花火そのものよりも、家の玄関で気がついたサンダルを汚している砂だったり、歯に挟まっている焼きそばのキャベツだったり。

サーカスにもそれに似た物悲しさがある。ミュージシャンもお笑い芸人もそう。舞台の上でしか生きられなくて、熱狂から醒めてすんなり日常生活にもどっていくお客さんに置いて行かれるような、そんな寂しさを感じているせいかもしれない。

夏フェスのステージ上で浴びる軽薄なアレの正体はそれかもしれない。

8月7日

下北沢Ｂ＆Ｂで又吉さん[14]とトークイベント。

又吉さんと話をするのは二度目。イベントが始まってから2時間、休憩無しであっという間だった。又吉さんの話に頷《うなず》くたびに自分が座っている椅子が間抜けな音を立てて、それが恥ずかしかった。

今回小説を書くにあたって、又吉さんの存在が大き過ぎて、実際にテレビで第二の火花と言われたりして、不安もあった。

大好きな作品で到底かなわないと思う。だからこそ怖かった。全然興味の無い作品なら何も感じないけれど、好きだから尚更怖かった。自分が感動したものをなぞってしまうのは虚しいから。

でも今回、あれだけの時間話ができて、気にしていたことが馬鹿らしくなった。図々しいけれど、又吉さんとは深く仲良くなれると思った。あんなに話していて嬉しくなる人に久しぶりに会えて、それが嬉しかった。

もう第二の火花で良い。もっと売れたい。

8月8日

小説『祐介』の取材が2つ。どっちも楽しかった。特に産経新聞は嬉しかった。記者の方が丁寧に質問してくれて、思わず気合いが入りすぎてしまって空回りした。

新聞記者の方がまとっている、あの刑事感が好きだ。
　夜は声の出演をしているフジテレビの#ハイ_ポールのスタッフさん達と飲んだ。毎回楽しい。楽し過ぎて逆に腹が立ってくる。ちくしょう。楽しかったなぁ。

8月9日

　テレビの収録やラジオの生放送。バンドのリハ。何をしていても落ち着かない。今日は『鬼』の店着日。新しいＣＤを出す日はいつも落ち着かない。かといって普段落ち着いているかと言えば、そうでもない。

8月10日

　テレビとラジオの日。収録と生放送。夜は久しぶりにＤＩＧＡＷＥＬ西村さん[15]と飲んだ。
　ＤＩＧＡＷＥＬというのは服のブランドです。自分にとってのユニフォームのようなものです。服を着るというよりは、作り手の、その人を着るという感覚がある。飲みながら、改めてそんなことを思った。

8月11日

雑誌の取材を2つ。メンバー4人でラジオの収録、その後にスタジオでリハ。どうしても納得がいかないWEB媒体の原稿をどうするかで悩んでいる。こっちもプロだから書いた原稿は直せないという気持ちもわかるけれど、さすがにアレには納得出来ない。掲載出来ないなら取材にかかった経費をこっちで負担することになるらしい。改めて、人に言葉を預けるというのはとんでもないことなんだな。良い勉強になった。

8月12日

朝から日テレ、Oha!4の収録。NEWS ZEROに続いてディレクターの山口さんにインタビューをして貰う。毎回、絶妙な所を引き出して貰えるからありがたい。インタビューは、あぁ、つい喋ってしまったやられた、というナンパ物のAVのような状態が理想。

その後は錦糸町でトーク番組、オトナに!の収録。90分あっという間で、話し足りないほどだった。ユースケ・サンタマリアさんがクリープハイプのことを色いろ知ってくれていたから心強くて、楽しく出来た。誰かと話すというのは、相手のことはもちろん、自分で自分のことを知ることでもあると思った。

スタジオでリハをして、水戸のホテルへ。

8月13日

朝9時半チェックアウト。ROCK IN JAPAN FES。去年に続いてグラスステージ。6万人以上収容のこのステージはやっぱり大きすぎる。足りない所が浮き彫りになる。情けなくて堪らなくなって、途中、足元に落ちた汗が涙に見えた。

また来年、少しでも大きくなって帰ってきたい。こんな舞台に立てることは幸せだ。売れたい。届かなくて、叫びたくなる程悔しい。

8月14日

昼から雑誌Talking Rock!の取材と撮影。やっぱり表紙は嬉しい。編集長吉川さんと話していると、嬉しくなってつい余計なことまで出てしまう。撮影は長い間警備のアルバイトをしていた虎ノ門の路地裏。楽しい時間だった。

そのままギターの小川君と神宮へ。球場で合流したいつものメンバーと観戦。

散々な試合だったけれど、久しぶりに観れて嬉しかった。

試合後、飲み屋で広島ファンの女の人に絡まれる。「ヤクルトがんばってよー、なんで巨人に負けちゃうのー、25年待ったんだから優勝させてよー。ヤクルトなんで負けちゃうのー」

本気で腹が立ってしまい、変な空気になった。

8月15日

ツアーのセットリストを話し合ってからバンドでリハ。

喉の調子が悪い。早く寝なさい。

はい、寝ます。

8月16日

雑誌BARFOUT!の連載「ツバメ・ダイアリー」の取材。編集長山崎さんと

1時間ひたすら野球の話。幸せ。野球の話は、息をするより楽。

昨日に引き続きツアーのセットリストを話し合ってバンドでリハ。台風が来ていて大雨。

8月17日

朝からお台場で、声の出演をしている#ハイ_ポール初めての公開収録。慌ただしく始まって、気がついたら終わっていた。

楽しかった。それにしても今の10代は凄い。頭が良い。つくづく自分の馬鹿さを痛感する。また必ずやりたい。#ハイ_ポール好きなんだ。

そのまま同じ会場でクリープハイプのめざましライブ。急遽思いつきでライブ冒頭のセットリストを変える。暑いなか何時間も待っているお客さんを見ていたら気が変わった。1曲目の『社会の窓』のイントロで久しぶりに後ろまで手があがった客席を見た。これが見たかったと懐かしい気持ちになった。あんなに楽しいライブは久しぶりだった。

後ろの大きなモニターでは汗まみれで嬉しそうに笑う自分が映っていた。

フェスでのライブが続いた後、クリープハイプだけを見に来てくれるお客さんを前にすると特別な気持ちになった。Tシャツを着てタオルを巻いて、嬉しそうにステージを見ているこの人達が周りから馬鹿にされるようなバンドにはなりたくない。ライブ後、汗で束になった前髪が風にふかれて、馬鹿みたいに夏みたいな日だった。

8月18日

早朝に出発。ベースのカオナシと大阪キャンペーン1日目。カオナシは地方キャンペーン初体験。テレビの収録を立て続けに2本。ラジオや雑誌の取材。夜はお好み焼き屋で飲んだ。何人もの人が動いてくれて、交通費、宿泊費もかかる。そんななかでキャンペーンをさせて貰えるのは幸せなことだ。

8月19日

大阪キャンペーン2日目。ラジオの生放送と収録、雑誌のインタビュー。なかでも印象的だったのが、前から出たかった、よなよな…[16]の収録。30分では足りなくて、あんなラジオ番組は滅多にないし、ここなら自分の吐いた物を全部受け止めてくれるかもしれないと思って夢中で話しまくった。

メディアに出るとき、ごくたまに、普段は恐る恐るひねっていく蛇口を何の躊躇《ためら》いもなく全開に出来る瞬間がある。その瞬間の心地よさは凄まじい。

前乗りで高松へ移動。夜はカオナシと久しぶりに2人で飲んだ。会話の内容でしみじみと、歳をとったと感じる。出会ったころ、彼はまだ10代だった。

8月20日

香川のフェス、ＭＯＮＳＴＥＲ ｂａＳＨ。昼過ぎに会場入り。母親の実家が高知で、子供のころ毎年夏休みになると帰省する母親について遊びに行っていて、今でも四国に行くと色いろ思い出す。個人的に、思い出すということが好きだ。何かを覚えるのはあれほど煩《わずら》わしいのに、何かを思い出すときのあの感じは好きだ。

今回は出演するステージが離れた場所にあって、お客さんが集まるか不安だったけれど、その分楽しみでもあった。真ん中のメインステージだと、なんとなくその場にいるお客さんが数多くいるのに対して、今回はほぼ全員がそのステージを目指してやってくる。そんな状況でやれるのが楽しみだった。

時間が来てステージに立つと、目の前に大勢のお客さんが。懐かしい気持ちでライブが出来た。楽しかった。当たり前だけど、音楽をやってるなと思った。

8月21日

山口のフェス、WILD BUNCH FEST.。天気も良く、サウナのようなステージ。

昨日、ホテルでエゴサーチをしていたら、ボーカルが調子に乗り過ぎだと書かれていたから、MCでそのことに触れて「調子に乗るためにバンドをやってる」と言ったら笑いになった。情けないけれど、悔しくて悔しくて。見ず知らずのお前に何がわかるんだと。そんな思いも、あれだけの人数の前で笑いに変えることが出来るのは恵まれている。

お客さんも楽しそうで嬉しかった。でも、どうしてもその奥で歩いてどこかに移動している人達が気になってしまう。力不足を痛感する。近くの関心よりも、遠くの無関心を気にしてしまうのは良くない。

帰りの飛行機、手荷物検査場でポケットから出した物がどれもしょうもない物ばかりで情けない気持ちになった。

8月22日

台風直撃のなか、朝からスペシャ[17]の特番の収録。小説『祐介』の舞台になった場所を、バスガイドの格好をしてメンバーと巡るというもの。

前半は地元の葛飾区お花茶屋でロケ。昔住んでいたアパートまでの道を、当時バイトに遅刻しそうなときを思い出しながら全力疾走したり、大量の雨粒を受けながら寂れた商店街を歩いたり。途中あまりの雨風で避難した公衆便所のなかで、「ここで当時村○君が立ちバックでセックスしていました〜」と言ったら変な空気になった。

公園の砂に大量の雨が打ち付けられて、まるで海のようだった。彼は何を思いながら、この汚い公衆便所でセックスをしたのだろうかと、いまさら意味のない、誰かが書いたそれこそ便所の落書きのようなことを脳内で掘り下げていた。

あぁ、いっけねぇ、ついつい作家の部分が出てしまった。

後半はアルバイトをしていたスーパーがある足立区梅島でロケ。24時間営業だったあのスーパーは、深夜1時までの営業になっていた。

営業時間短縮に伴い、思い出と一緒に、来店していた客までもが消されてしまったようだ。彼らが今でもまだ、削られた空間を、買い物カゴをぶら下げて彷徨《さまよ》っている気がしてならないのだ。

あぁ、いっけねぇ、また作家観が出てしまった。

途中で合流した元ドラマーの市川君[18]がゲストで出て来て、当時メンバーだった彼が、当時のベーシストと一緒にライブ会場に来なかったときの心境を語った。ライブも出来ず、金だけ取られて渋谷の歩道橋で1人途方にくれていたあの瞬間が一瞬で蘇った。

後半は当時よく出演していたライブハウスで、店長石橋さんを交えてトーク、ライブシーンの撮影。その後、楽屋で雑誌、音楽と人の取材。あのライブハウスの楽屋にいると、どこかの霊園にいるような錯覚におちいる。壁に貼られたステッカーや落書きを見ながら、深夜の音楽番組に出て偉そうにしていたバンドも、金が無いのに無理して酒を飲ませてくれた先輩のバンドマンも、「一緒にシーンを作ろう」と息巻いた同世代の友達も、みんな消えてしまったなと思った。

居酒屋へ移動して、酒を飲みながら、世界観クイズという企画をやって終了。

8月23日

朝早く東京を出発。札幌キャンペーン。ラジオの生放送を3つと収録2つ。テレビの収録と雑誌の取材。パンパンに詰め込んだウィンナーみたいなスケジュール。こんなのキャンペーンじゃなくてシャウエッセンじゃないか。ありがたい。

今は札幌にも味方が多く居てくれて本当に嬉しい。

Sparkle Sparklerというラジオ番組でバンド名と番組名が入った手ぬぐいを作ってもらった。こういうのが本当に嬉しくて、やってて良かったなと思う。

ヤクルトがまた負けそうになっていたから途中で経過を追うのをやめた。辛い。

8月24日

空港で白い恋人のソフトクリームを食べていた。オッサンが凄い勢いでカップラーメンを食っている横で。そしてオッサンは突然立ち上がり、猛然と海鮮丼の売り場へ。オッサンの口がラーメンの口から海鮮丼の口に切り替わった瞬間を目撃してしまった。

東京に着いてから小説『祐介』の書店挨拶まわり。前から楽しみにしていたけれど、熱烈な歓迎をしてくれる書店とそうでない書店との温度差で、風邪をひきそうになる。

発売から2ヶ月経っても置いてもらえるのは、本当にありがたいことだ。もっと売れて欲しい。6つの書店に行きました。文藝春秋の皆さんありがとうございました。

その後は雑誌、音楽と人の撮影。そしてスタジオでリハ。リハをする時間が無くて、1人だけ追いついていない現状にイライラしてしまう。どうしても時間が取れない。慌てて何曲もくり返しやってみるけれど、全く体に入ってこない。スタジオにある全て、メンバーすらも敵に見える。音楽をやっているのに、音楽をやる時間がない。この状況が苦しい。

でもプロモーションを組んでもらえるのは本当に幸せなことだ。それも音楽活動だ。

と言い聞かせて、明日の名古屋キャンペーンに備えて屁をこいて寝よ。

8月25日

今日もキャンペーン。まずは浜松。出演パートの後半、解禁前の新曲がBGMで流れてしまって、すこしでも聴こえなくなるよう必死で間を空けずに喋る。急に口数が増えたことで戸惑うパーソナリティの方。

名古屋へ。テレビ、ラジオ。公開生放送と公開収録のイベントもあった。集まってもらえてありがたい。

個人的には、東海ラジオで、ガッツナイターがビジターのチームにも優しく公平な野球中継で素晴らしいということを伝えられて良かった。

やることがあり過ぎて混乱してしまって、マネージャーに提出するはずのチェック済みのインタビュー原稿を間違えてホテルのフロントに出して変な空気になる。

夜はそのガッツナイターを聴きながら打ち上げ。サヨナラ勝ち。ひゃー。

8月26日

名古屋キャンペーン２日目。ラジオ祭り。収録６つ、生放送２つ。よく話した。

名古屋でも各所で熱量を持って接してくれる人が多くいる。それだけでやってて良かったと思える。

東京に帰って深夜からＡｂｅｍａ　ＴＶの生放送。クリープハイプの特番。パンサー[19]の菅さんをゲストに迎えて飲みながらの２時間。楽しい時間だった。コメント欄にリアルタイムで反応が返ってくるのは嬉しいけれど、それが勘違いにも繋がりやすいから怖い。１匹いたら１００匹いると言われているゴキブリみたいに、どこかに潜んでいるはずの悪意に気づけないといけない。バンプオブチキン張りに、見えないモノを見ようとして望遠鏡を覗き込まないといけない。

8月27日

寝起きでラジオの生放送と収録。

その後、バンドでリハ。

しょうもないTVのディレクター。失礼極まりない。打ち合わせのときから感じていた違和感は間違っていなかった。逆に普段周りに居てくれる人達の大切さが身にしみた。「ユルく」という言葉を最近よく聞くようになったけれど、個人的には嫌いだ。「世界観」以上に意味のわからない言葉。言葉のゴミ。「ユルく」みせるのと「ユルく」やるのは違う。

と書こうとしていたけれど、思い直してギリギリの所で踏みとどまった。あっぶねー。俺も大人になったなぁ。

8月28日

朝8時に東京を出発。山中湖でSWEET LOVE SHOWER。

とにかく良かった。久しぶりにあんなライブが出来た。音楽に触れた気がした。

こんな日があるならば、まだまだやっていける。

色いろ書きたいことはあるけれどやめた。細かく書き記したら消えてしまいそうだから。
本当に大切なことは書かないし、書けない。
こんな所で終わってたまるかちくしょう。やったぜ。
でも終わってからバンドでリハ。あぁ、こんな日くらいゆっくり飲みたい。
という気持ちを、飲んだ。
そしてヤクルト5連勝。

8月29日

昼過ぎに雑誌ＣＲＥＡの対談。そして福岡へ。夜に着いて、テレビのコメント撮り。
そしてラジオの生放送。気の置けない番組で1時間半しっかり話す。
途中、Ｊ－ＷＡＶＥでやっているレギュラー番組ＳＰＡＲＫ[20]でも聞けない話を今日はいっぱい聞けた、というメールが来て、普段ＳＰＡＲＫで音楽の話をあまりしていないことに気がついた。しっかりしなければいけない。（ツヨシ）
ＣＲＯＳＳ ＦＭの皆と飲んでホテルへ。

風呂にも入らず、就寝♫ 就寝♫（あのCMの救心♫ 救心♫ のイメージで）

8月30日

福岡キャンペーン2日目。ラジオの生放送を2つ、テレビの収録、雑誌の取材を2つ、そして最後はチャートバスターズR！[21]の公開収録。

お客さんを呼んで歌詞を解説するこのイベントも、もう3回目。歌詞を解説しているはずが、自分で発見することの方が多い。いかに普段から感覚で歌詞を書いているかが浮き彫りになる。RKBの田畑アナとディレクターの広瀬さんには毎回感謝しています。

昼に行った、大好きな「よし田」[22]でついにサインの依頼が。何度も通ってようやく書けたサイン。嬉しい。あの鯛茶漬けが本当に好きだ。

そして今日でキャンペーンの全行程が終了。こんなに壮大なキャンペーンを組んでもらえるのは幸せなことだ。

次の日の収録に備えて、夜に行った居酒屋では、口に含んだ少量の酒をまず口内に充分に染み渡らせてから喉に流し込むという、ドモホルンリンクルの販売方法のようにまどろっこしい飲み方で酒量を抑えた。
申し訳ありませんが、初めてのお客様にはドモホルンリンクルをお売りできません。
なんでー。売ってくれよー。

8月31日

東京へ戻ってそのままフジテレビへ。Ｌｏｖｅ ｍｕｓｉｃの収録。上手くいった。歌番組の収録が本当に苦手だから、嬉しかった。
夜は社長と飯を食いに行って、歩いて帰った。夜の公園から出てきたうるさい大学生の集団や、名残惜しそうに抱き合うカップルの足元で打ち上げ花火のような模様のゲロ。

9月1日

昼から夜まで#ハイ_ポールの収録。そしてバンドでリハ。ツアーのセットリストがなかなか決まらない。
時間がない。
岩下志麻（お墓）織田裕二（お金）舘ひろし（免許）シブがき隊（NAI・NAI 16）
偉大なる大先輩に肩を並べられる程に、
時間がない。

9月2日

寝起きでJ－WAVEへ。大体起きてそのまま移動すると目的地に着く頃には寝癖も良い具合に落ち着いていることが多い。今日も楽しく収録を終えた。

終わってからバンドでリハ。ツアーのセットリストがなんとなく決まる。

夕方から自由な時間が出来たけれど、久しぶりのことでどうして良いのかがわからない。とりあえずラジオで野球中継を聴きながら歩く。途中で寄った本屋で本を買った。結局これと言って何かをしたわけでもなく、サイズの合わない革靴が右足の小指を締め付ける痛みだけが印象に残った。夜になってあちこちで工事が始まる街を尻目に、知らないおじさんに金銭を渡して家まで送って貰った。（タクシーで帰った）

9月3日

今日もJ－WAVE。生放送。連日ありがとうございます。終わってからバンドでリハ。今日は4時間。その後は、あぁなんだっけ、忘れた。これを書いている9

月5日の深夜現在、記憶が抜け落ちている。2日前のことも覚えていないなんて。まぁ大したことはしてないだろう。

どうせ、ポコチン出しながら鼻でもほじっていたに違いない。

9月4日

栃木で野外フェス。初めてのベリテンライブ。会場の作りもシンプルで気持ちが良かった。ただ、ライブ中ずっとマイクに感電していて、口をつける度に激痛が。我慢して歌い続けていたら手が痺《しび》れてきて、気がつけば腕全体にまで広がった。命の危険を感じてマイクから口を離す。こんなことは珍しい。本来、お客さんに与えるべき電流のような衝撃を、自分で受けながらのライブ。

夜はカメラマンの神藤さん[23]と飲酒。もう長い付き合いになるけれど、お互い撮る側と撮られる側として、変わったり変わらなかったりしながら付き合っていけるのは嬉しい。写真という、ある意味凄く残酷に現実を突きつけてくる物を介しての付き合いは刺激的だ。

9月5日

昼からツアーのゲネプロ。ツアーでお世話になるスタッフも交えてのリハーサル。普段のリハスタとは違う、ゲネプロをするような高級なスタジオに行くとどうも落ち着かない。せっかくこんなに良いスタジオにいるんだから、もっと練習しなければと焦って疲れてしまう。

9月6日

今日はアルバムの店着日。不安な気持ちで昨日と同じスタジオへ。歌う直前に、いつもモニターをやってくれる西君（ライブ中、歌いやすいように音の環境を整えてくれる人）が「ちょっとひとつ思いついたから試しにこれでやってみて」と言ってきた。

歌ってみるとボーカルにディレイがかかっていて、完全に声が遅れて聞こえる。まるで、いっこく堂のアレだった。それが驚く程歌いやすくて喉が全然疲れない。輪郭が完全にボヤけて首に変な力が入らないから楽に歌える。

ここ数年、歌を歌うときに、小節ごとに大縄跳びに飛び込む瞬間のあの嫌な体の強張《こわば》りをずっと感じていた。それが全部解消された。ただ演奏と合わせるのが凄く難しい。

ディレイがかかっているぶん、自分のギターを含めた演奏とのズレをどう解消するかが課題だ。これがうまく行けばライブが劇的に楽しくなると思う。

そして、早めにゲネプロを終えて移動。ドラマ『そして、誰もいなくなった』の打ち上げで主題歌の『鬼』を歌わせて貰った。あんなに緊張したのは久しぶりで、ステージからテレビのなかをみているようだった。暗がりのなかにぼんやり浮かんだ顔を認識してしまうと緊張で歌えなくなるから、薄眼で歌った。

温かく迎えてもらえて安心したし、何より呼んでもらえたことが本当に嬉しかった。ドラマのなかに少しだけ入れてもらえたようで、またここまで来れるように、これからもっとがんばろうと思った。

その後は、ラジオの生放送。オールナイトニッポン。

良い気分で帰宅。

9月7日

アルバム『世界観』の発売日。やれるだけのことはやって、ようやくこの日を迎えた。苦しんで、音楽を辞めようとしていた1年前は、こんな気持ちでアルバムの発売日を迎えられるとは思っていなかった。

昼から夕方にかけて、ラジオの収録を2本と生放送を1本。夜はTOKYO FMでSCHOOL OF LOCK!の生放送。2時間しっかり話せた。

あぁ、アルバム出たなぁ。

9月8日

新木場スタジオコーストでモバイルサイトの会員限定ライブ。水商売風に言うと、太い客限定ライブ。

普段やれないことをやれて、お客さんとの距離が縮まった気がする。また必ずやろう。

9月9日

昼からBOOKSTAND．TVの収録へ。久しぶりに博士[24]にお会いした。間抜けな相槌を打つのが精一杯だった。情けない。

あと、博士がオネエになっていた。少し心配したけれど「オネエよ～」と言うわかりやすい挨拶を聞いて安心した。

その後、明日から始まるツアーの衣装を探しに行った先で、偶然、スカパラ加藤さんに会った。会えて良かった。

9月10日

ツアー初日。富山へ。新幹線で東京から来てくれるファンの人と、通路を挟んだ隣の席になるという偶然。これはどっちも気まずい。着ぐるみに入る前のオッサンを見てしまった子供と、着ぐるみに入る所を子供に見られたオッサン。なんとも言えない気持ちを乗せて新幹線は富山に到着。人生で初めての富山。

ライブハウスの楽屋には手書きの張り紙が。北陸のイベンターさんは関東のライブにもマメに顔を出してくれるし、そういう気づかいでライブに向けて気合いが入る。

本番前、ステージ袖でアナウンスを聞く。今回は「熱闘世界観」というツアータイトルにちなんで、神宮球場のウグイス嬢の方に事前に声を吹き込んでもらった。凄く感じの良い綺麗な方だった。

アナウンスを待って1人ずつステージに出て行く演出もしっかりはまって、冒頭から盛り上がった。珍しく、お客さんに男子が多かったことも嬉しかった。ボーカルにディレイをかけたことで圧倒的に歌いやすくなった。歌がお客さんに当たっているのをしっかりと感じる。当たった歌が歓声になって返ってくる。過去最高のツアー初日だった。汗で張り付いたシャツが誇らしかった。

明日に備えてそのままホテルにチェックイン。酒を飲めない悔しさと、セ・リーグの優勝チームが決まってしまった寂しさを紛らわせようと、ロビーに併設されたカフェで買ったチーズケーキにかじりつくと、甘さとしょっぱさが混ざったちょうど良い味がした。

9月11日

ツアー2本目。富山から新潟へ移動。特急列車を2本乗り換えてようやく到着。久しぶりの新潟。楽しみにしていたけれど前日のライブが良かった分、不安も大きかった。昔から良いライブが出来た後に必ずつまずいていて、この日も嫌な予感がしていた。

案の定リハーサルで音作りに苦戦する。極力歌い過ぎないように、嫌な要素を潰していく。

でもこれが本当に難しい。嫌な要素を完全に消してしまうと、本番でリハーサル通りに出来なかったら、というプレッシャーと向き合うことになる。

リハーサルは、絶妙に嫌な要素を残して、後は本番でどっちに転ぶかという所で切り上げるのが理想だ。

ライブ本番、今日もアナウンスで冒頭から盛り上がる。細かいミスも気にならない。いや、本当は気になったけれど、それ以上に良い空気が流れている。お客さんが楽しそうで、そこに答えが見えているから安心出来る。今日も男子が多い。嬉しくなって、「男子」「男性」「男の人」「オス」「メスじゃない方」と完全に贔屓《ひいき》したコールアンドレスポンスをした。それに対する圧倒的な数の女子からの批判。「女子もやって」という声に対して「だって女子は、ヤッたら終わっちゃうじゃないか」と言ったらもの凄く変な空気になった。

とにかく楽しいライブだった。セットリストもはまっていて、やりたいことがしっかりお客さんに届いている。出したものが倍になって返ってくる。気持ち悪いくらいに調子が良い。

打ち上げで飲みすぎて、ホテルでアイスクリームと肉まんを食って就寝。

9月12日

新潟から東京へ戻ってラジオの収録。今日はKANA－BOONのボーカル鮪《まぐろ》君との対談。ゆっくり話すのは初めてで緊張したけれど、鮪君の方が更に緊張していて、あんなに緊張している人を久しぶりに見た。

常に、飲酒運転している時に検問に引っかかった人、のような状態。

思わず「はい、じゃあちょっとここに息吹きかけてください」と言いそうになった。

そして夜はＢＬＵＥ ＥＮＣＯＵＮＴのボーカル田邊君と飲酒。ここには書けないようなアホな話を。田邊君と映画の話をするのが好きだ。やっぱりオタクが好きなんだ。

途中、ロッキング・オン・ジャパンの副編集長小川さんも合流。ドブのようなひどい話。あの人、インタビューのときは真面目過ぎるのに、飲むと弾《はじ》けるんだから。

楽しい夜。

9月13日

昼過ぎまで寝て、溜まっていたこの日記を書いて、出発。

小説家の千早茜[25]さんと打ち合わせ。文芸の世界にも色んなルールがあるようで、話していて驚くことが多い。文章において師匠のような人なので、いつも勉強させてもらっています。何気ない会話のなかに手を突っ込んで、その奥にある言葉を引きずり出す。そんな感覚を持っている人。小説家は恐ろしい。

そして神宮球場へ。今日負けたらＣＳは絶望的。祈るような気持ちで席についた

途端に雨が。幸先が悪い。右には傘もささずに元気なみっちゃん[26]、左にはカッパを着て枯葉を見つめる老人のような表情の小川君。

　雨粒に打たれながら傘の隙間から見守る試合展開は、終始相手チームのペースで進んでいく。バレンティンが打った同点ホームランは地震の揺れに動揺している間の出来事で、ほとんど記憶にない。

　途中から前の方に座っているおっちゃんが気になって仕方がなかった。傘もささず、ずぶ濡れでグラウンドを見つめている。横には雨ざらしのウィンナー盛りが。おっちゃんは勿論のこと、ウィンナーも心配だ。こんなに雨に濡れたらウィンナーが風邪を引いてしまう。おっちゃん、食べてあげてよ。ウィンナーがかわいそうだ。生まれたての茹でたての、あの姿が懐かしい。でもこんなに雨に濡れたウィンナー食べる訳が、えっ食べた。ウィンナー食べた。傘もささずに、ずぶ濡れのウィンナーを頬張るずぶ濡れのおっちゃん。ウィンナーと相思相濡のおっちゃん。仕事帰りに1人で雨に打たれながらのウィンナー濡らし、からのウィンナー頬張り。普段どんな生活をしているのか、傘をささなくなった理由は、ウィンナーを濡らすようになった理由は。きっとそこには計り知れないドラマがあるのだろう。

そんな妄想を切り裂いて、バックスクリーン右に飛び込んだ筒香《つつごう》の40号HR。たまらず球場を出ました。体にまとわりつくカッパのあの感触が忘れられない。肌に張り付く敗戦の感触。

出口付近の喫煙所でタバコを吸っているみっちゃんを待っていると、どんどん人が増えてきてイライラして、強めの口調でみっちゃんを急《せ》かしてしまった。

蕎麦屋で飯を食いながら軽く飲んで帰宅。別れ際に、予定が合わなくて今シーズンはもう神宮に来れないことが判明して、さっきの発言を後悔した。

送りバントを失敗してベンチに帰るときの気まずさはこんな感じだろう。

そんな気持ちで帰った。

みっちゃんから来ていたメールに返信をすると、「球場では会えないけれど、必ず忘年会の予定を組んでね」と返信が来た。

71歳の絵文字だらけのメールが胸に沁みた。

9月14日

昼に家を出てフジテレビで#ハイ｜ポールの収録。明るく楽しく元気よく、気が

ついたらあっという間にもう夜に。帰りに小学校からの付き合いの友人、村山君の家へ。料理人の村山君に飯を作ってもらって飲酒。良いワインを開けてくれた。しばらくして下の階から上がってきた奥さんの「なんでこのワイン開けちゃったの？」という一言で凍りつく。

俺も「なんでこのワイン開けちゃったの？」と心の中で叫ぶ。

高校時代から何故か一緒に風呂に入るのが恒例で、この日もせまい湯船におっさん２人で体を押し込む。そのまま泊めてもらった。

9月15日

朝早く起きて村山君に朝ごはんを作ってもらう。それを待つ間に見るワイドショー。こんな朝はいつ以来だろうか。まだ小さな友人の娘が元気に走りまわっていて、賑やかだった。

Ｊ－ＷＡＶＥへ。アルバムを出して、これから次の段階へという所で新しく関わってもらう人達と打ち合わせ。そしてラジオの収録。

事務所に帰って、雑誌ＢＡＲＦＯＵＴ！の連載取材。野球のことを１時間、編集

長山崎さんと語り合う。その後、コメントを書かせてもらう映画『オーバー・フェンス』を観た。

体調が悪くて風邪薬を飲んだせいか、途中眠たくなってどうしても我慢出来ずに社長室で仮眠。社長室の窓際にある、安物の小さな椅子が並んだ不安定なベッドのクズみたいなアレで寝るのが本当に好きだ。一番落ち着く。無事に映画を観終わって、また社長室のベッドのクズに寝そべってコメントを書いていると、社長[27]が入って来て「さっき、よく寝てたね」と言われた。社長室なのに社長が気を使って、寝ている俺を起こさないようにそっとドアを閉める場面を想像したら、もっとやらなければと思った。

9月16日

ツアー3本目。岡山へ。用意してもらった弁当に野菜が多く入っていて、最初は全部避けたけれど、バチが当たって良いライブが出来なくなるような気がして無理をして食べた。タレにつけたり息を止めたり色んな工夫を凝らした。（そんな気持ちで食べてる時点でバチが当たるか）

リハーサルも無事に終わって本番前。試合開始直後に2点リードしていたはずのヤクルトが5分後にもう2点リードされている。さぁ、今何対何でしょう？　という小学校の算数の問題になりそうな展開。

開演時間。今日は冒頭のアナウンスに対する反応が薄い。心配になったけれど1曲目で多くの手があがって、熱気もすごい。それでも何か違和感がある。音が吸われてすっきりしたせいか、モニターが遠くに感じる。うまく音が聞こえないのは、泳いでるときに息継ぎが出来ないのと同じような感覚で、調子が悪いときは過剰に音を求めてしまって溺れそうになる。それでもこのツアーはお客さんの盛り上がりに助けられている。目でお客さんの反応を見ていれば、音が聞こえてこなくても大丈夫だ。

音に引っ張られて溺れないように、音を追いかけてしまわないように、目でお客さんを見る。

今日も楽しくやれた。大事なことを話せたし、やれて良かった。

終わってからホテルで弁当を食っていたら、くしゃみをしてしまって、ご飯粒とハンバーグをあたり一面に撒き散らしてしまった。1時間前まで熱狂のなかに居たのに、ホテルの床をティッシュで拭いてまわるこの情けない俺が愛しい。

9月17日

ばぁちゃんの墓参りに行く為、1人先にホテルを出て高知へ。着いたら大雨。迎えに来てくれた母、由美子の双子の妹、佐智子の車でラーメン屋へ。小さい頃から食べていた懐かしい味。

嫁いだ先のラーメン屋で、旦那の父親と裏で関係を持っているという愛想の悪い店員さんが持ってくるラーメンは色んな意味でしょっぱい。

墓参りをして会場入り。小さいころから慣れ親しんだ高知に来ると、本当に落ちつく。

本番の時間になってアナウンスが流れる。今日も反応が薄い。そのことを気にしながら後の展開を考えていたら、ライブが始まって2曲目で歌詞が飛んでしまった。頭が真っ白になって言葉が出てこない。これまでならここで崩れていたけれど、今回はしっかり持ち直せた。納得のいく歌が歌えているから細かいミスに引っ張られることはない。ライブが進んでいって、終盤の大事なMCの所で大きな叫び声が聞こえてきた。何度か続いたのを確認して、会場の空気が壊れないようにMCを早めに切り上げて曲に入る。

最後の曲の前にも聞こえてくる叫び声。曲中、バラードにもかかわらず何度も振り上げられる指輪だらけの拳《こぶし》を見て、あの声の主だとすぐにわかった。いわゆるロキノン系のノリ方とは真逆のそれを見て、なんか嬉しくなった。アンコールは今までで一番盛り上がって、楽しいライブだった。

会場を出て、出待ちのお客さんと握手をしているときに、1人だけ何度も何度も殴りかかるような勢いで「俺、明日からも生きようと思ったぞ」と話しかけてくる男性。あの人だ。ライブしに来て良かった。

それから見に来てくれた親戚達と飯を食いに行った。久しぶりに話が出来て良かった。その後、打ち上げに合流して痛飲。ホテルで泥寝。

9月18日

高知から東京へ。従兄弟のゆういち君が、子供を連れて空港まで見送りに来てくれた。小さいころ、高知から東京へ帰るときに見送られるのが寂しくてしょうがなかったけれど、今日は嬉しかった。東京へ着いてすぐに福島へ移動。

9月19日

前日にホテルでひゅーい[28]と飲みすぎて頭が痛い。今日は福島のフェス、風とロック芋煮会。相変わらずの雨。ひんやりした空気のなか、ライブ本番。野球場でライブが出来るなんて。なんか悪いことをしているようで楽しかった。

作り手の顔がしっかり見える、地元の盆踊りのようなフェス。

トークショーに出たり、ひゅーいのライブでも歌ったり、出演者全員でイベントの主題歌を歌ったり、飽きない1日だった。

そして最後は野球。あの古田さん[29]が解説をするなか、本格的な球場での試合。途中出場で守備についた辺りから本格的に雨が降ってきた。ずぶぬれで、危うく風邪とロックになるところだった。

苦しいピッチングのピッチャーを励ます為に、セカンドの守備位置からマウンドに駆け寄ろうとしたけれど、俺なんかが行って良いものかと迷った末、結局行けなかった。

普段プロ野球を観ていて、なんでマウンドに行かないんだ、と若手内野手に憤《いきどお》っていたけれど、今日その気持ちがよくわかった。

完璧に打ち取った当たりのピッチャーゴロ、ファーストへ送球。よし、これでチェンジだ、お疲れ様でしたー。あっ、落とした、おいっ、誰だよファースト。おい!! あっ、うちのドラムだー。あぁ、タクさん[30]……。

とにかく良いイベントでした。

9月20日

昼から雑誌のインタビュー。渋谷に移動してラジオの収録。久しぶりに、音楽評論家の田家さんにお会いした。前回はクリープハイプの曲が資生堂アネッサのＣＭで使われていた全盛期のあの頃。また呼んでもらえたということは、そういうことだと思ってがんばろう。凄く嬉しかった。もう、紫外線でボロボロになっても良いから、あのアネッサの頃を超えたい。色んな話を引き出してもらえた。小説も好きだと言ってもらえて嬉しかった。

スタジオでレコーディングに向けてバンドでリハ。

夜は文藝春秋、篠原さん[31]と。今後に向けて話し合い。焼肉をいっぱい食わせてもらった。小説を書く上での親のような人だから、恩返ししたいなぁ。

1日中雨。

やめ！

9月21日

朝からＪ－ＷＡＶＥ。六本木ヒルズの入り口にかざす入館証、もっとがんばれ。一回で気持ちよく通れたことがない。今日なんて、反対側から来た中年女性にすれ違いざまに蔑《さげす》むような目でみられたんだからな。おい入館証、そのＩＣチップは飾りか？　もっと電磁波だせや。

スタジオでリハの予定を急遽変更して、雑誌ＧＩＮＺＡの原稿。締め切りをだいぶ過ぎていたので泣きそうになりながら事務所で書いた。ファッションの写真に文章を添えるという企画で、本当に難しかった。

ポーランド人の女性モデルの写真を見つめながら途方に暮れた。暮れなずんだ。もうすこしで、暮れの元気なご挨拶として、日清サラダ油セットを発送する所だった。

文章が書けないときは、キャラメル包装の、あのひっぱる所を見つけられないときに似ている。その分、見つけたときの快感は計り知れない。なんとか書けてスタジオへ。今日もバンドでレコーディングのリハ。

終わってからスカパラ加藤さんと待ち合わせ。本多劇場でやっている、劇団ヨーロッパ企画の公演へ。

今回も本当に面白かった。あれだけ徹底的に作り込まれた作品に触れると毎回刺激になるし、落ち込む。

加藤さんとうどん屋へ。今日は酒を我慢した。飲めなくても楽しい時間。

9月22日

和歌山へ。関西圏だし、都会をイメージしていたから、思ったよりものんびりしていて驚いた。ライブハウスが新聞にこの日のライブの広告を出してくれて、その新聞が楽屋に置いてあったり、田舎に帰ったようなあったかい雰囲気だった。広々としたライブハウスでリハーサルも気持ちよく出来た。

今日は鍼《はり》の先生、松岡さんも居て万全の状態。最近、治療中痛くてしょうがないと伝えたら「そりゃあそうですよ、深く刺してますから」という返事。頼もしい。

ライブ本番、待っていてもらったのが凄く伝わってくる。背の高い男の子が、煙突みたいに頭を出して、顔をくしゃくしゃにして俺が作った歌を歌っている。こっちが恥ずかしくなる程一所懸命に。この日はよく汗をかいた。お客さんが風呂上がりのような状態で、それを見て自分もそんな状態なんだろうなと思った。ライブ中はお客さんを見ていれば大体自分のこともわかる。この日は序盤で演奏が上手く嚙み合わなくて乗り切れずにいたけれど、スイッチが入る曲が何曲かあった。やり過ぎてギターを間違えたり歌詞が飛んだり、それでも嫌な感じではない。『百八円の恋』のときに、曲と演奏と歌とお客さんが全部一定の同じ場所にある状態になって、凄かった。バランスの悪いシーソーの上に、奇跡的に全部が乗っているような。あれは特別だった。アンコールも楽しかった。このツアーはしっかり本編でやり切れているから、アンコールが楽しい。楽屋にもどって鏡を見たら、まるで風呂上がりのようにさっぱりした馬鹿面が。

打ち上げは飲みすぎた。

東京から来てくれた、レーベルの東さん[32]が、ユニバーサルに移籍してからの曲で凄く盛り上がっていて嬉しかったと言っていて、それが嬉しかった。お客さんに感謝したい。

9月23日

和歌山から鹿児島に移動。鹿児島は父、勝の生まれ故郷で、小さいころに時々遊びにいっていた。串木野《くしきの》（現・いちき串木野市）という場所で市内からは離れていたし、当時は子供だけで自由に出歩くことも出来なかったから鹿児島の街はほぼ知らない。

ホテルにチェックインして昼寝をして、珍しく外に出てみた。

駅前のビックカメラでポメラを買った。文章を書く小さいワープロのような物。店員さんが余りにも親切だったので思わず買ってしまった。ホテルに帰る途中、何となく気になった店に入る。時計とコートを買った。時計を買ったのは小学生のとき以来だ。店員さんが余りにも親切だったので思わず買ってしまった。

ホテルに荷物を置きに行こうとポケットを探っても、カードキーが無い。すぐに思い当たる。駅前で爆音で流れるロカビリーに合わせて踊り狂っていた爺さんを撮ったときだ。ポケットからカメラを出した拍子に落ちたに違いない。辺りも暗くなっていて、今から見つけるのは容易ではないはずだ。ジジイ、あんな所で踊りやがって。と、あんなに小さいポケットにカメラと一緒にカードキーを入れていた自分を棚にあげて、怒り出すアホ。という名の私。

ホテルにもどって、カードキーを無くした旨を告げると、優しく部屋まで案内してもらった。弁償しなければと思って金額を尋ねたら、笑顔で「大丈夫です」と言われた。

鹿児島の人達はどうしてこんなに優しいんだろう。あぁ、なんか逆に腹が立ってきた。夜に歩いた天文館の繁華街も、飲み屋と風俗店だらけなのに歌舞伎町のような危ない感じはなくて、のんびりしたムードが漂っていた。

あー、珍しく買い物したりして、ツアーのオフを満喫してしまった。なんか恥ずかしい。明日のライブで恩返しします。

9月24日

鹿児島でのライブ。屋上に建てたプレハブ小屋のような楽屋。外に出ると室外機だらけで、見渡すと周りはビルだらけ。その隙間から顔を出す桜島。下を覗くと、早めに集まっているお客さんが何人か見えて、どこからか風に乗ってブラスバンドの音が流れてくる。あの曲は『君の瞳に恋してる』だ。

なんか凄く居心地が良い。昨日からずっと気分が良い。リハーサルを終えて、本番。ステージに上がると満員のお客さん。ライブ中、お客さんが勢いよく来てくれるんだけど、嫌な感じが全くない。好きな人に、食べたり飲んだりしている物を「ひと口ちょうだい」と言われるときのような感じ。

それに甘えてしまったのか、細かいミスが多かった。情けない。6本目、セットリストにも慣れはじめて、一番調子に乗ってしまう時期です。学生でいうと中2の春辺り。

また歌詞が飛んだ。あぁ、なんでだろう。もう絶対飛ばさない。次また歌詞を飛ばしたら、背中に「シベリア超特急00・7～モスクワより愛をこめて」と彫りま

す。（意味はない）

ライブ中、お客さんが飛び跳ねると床がもの凄く揺れる。わかりやすく結果を求めがちな自分にとっては嬉しい構造。

アンコールではカオナシが仕込んできた、川商ハウスのＣＭのコールアンドレスポンスで大盛り上がり。凄い。よくやった。

駅前でロカビリーを踊っている爺さんの話をしたら、地元では有名な人で、毎日踊っているらしい。

今日のライブで、鹿児島を身近に感じることが出来たし、好きになった。親戚も大勢来てくれて嬉しかった。ありがたい。ホテルに帰って食ったカレーがうまかった。次の日もあるから、おとなしく寝た。

9月25日

鹿児島から熊本に移動。この日を待っていた。疲れのせいかリハーサルから調子が悪い。気持ちに体がついてこなくて、ついイライラしてしまう。

本番、悔しいし情けない、ミスの連発で不安定なライブ。それでもあれだけのお客さんが楽しそうにしてくれていて、逆に救われたりして、また情けない気持ちになる。本当に良いお客さんだった。またこれだ。いつだってこれのくり返しだ。

　この日に熊本でライブ出来て良かった。また必ず熊本にライブしに行こう。そして、あのときのライブがあったから今日があったと思えるライブをしよう。熊本の人達だってあの日から、そうやって超えてきたんじゃないか。

9月26日

　熊本から東京へ帰ってきた。帰りに本屋へ。２時間以上居た。

　ヤクルトの森岡選手が引退を発表。中日を戦力外になってヤクルトに来たときから、歳が一緒ということもあって、ずっと応援してきた。明るい性格で、ヒーローインタビューが面白かったし、コアなヒップホップの登場曲で毎回球場が不穏な空気に包まれるのも好きだった。

　２００９年、初のＣＳをかけた神宮での阪神戦、センターへ抜けそうな当たりに必死に飛びついたあのプレーが印象に残っている。メンタルに引っ張られやすい所にも個人的に親近感が湧いた。

戦力外から這い上がって一軍と二軍を行ったり来たりする同学年の野球選手に自分を重ねた苦しいインディーズ時代を思い出した。

またお立ち台での絶叫を聞きたかった。J－WAVEのラジオ番組で、ずっと鍵に付けていた森岡選手のストラップをリスナーにプレゼントしてしまったのを後悔している。

いつか自分にも来る最後の瞬間。そのときまで何をするか、何が出来るか。引退試合観に行きたいなぁ。

9月27日

昼からレコーディング。銀杏ＢＯＹＺのトリビュートアルバムで『援助交際』を。コーラス録りのときに、メンバーの叫び声を初めて聞いた。あんな声が出るんだなぁ。オッサンになると叫ぶことも減るもんな。

凄く良いものになって安心した。銀杏ＢＯＹＺをやるというのには、それなりの覚悟が要る。

落語で「芝浜」や「らくだ」をやるような感じかもしれない。当たり前だけど、聴くのとやるのはずいぶん違う。別のバンドの曲をやることで、自分のバンドが見えてくる。勉強になる。

9月28日

昼から新潮社で打ち合わせ。学校のような雰囲気だけど、そこには職員室しかない。と言った感じ。厳しく張り詰めた空気が心地よかった。

その後は事務所で、ヴィレッジヴァンガード30周年記念冊子の取材。

そして外苑前。ラジオの収録を無理やりずらしてもらって、神宮最終戦へ。決まっていた仕事をずらすなんて、大人として恥ずかしい。でも、ヤクルトスワローズはいつだって小学生のあの頃にもどしてくれる。恥ずかしくても良い。

試合は点の取り合いで面白い展開。最後はなんとか逃げ切って勝利。久しぶりに勝ち試合を見れて嬉しかった。今日はみっちゃんがいつも以上に元気でうるさかった。

森岡選手の打席は6回の裏。代打で出てきて初球をセカンドゴロ。一塁ベースを駆け抜けたあと、腕に顔を埋める姿が目に焼きついた。

野球選手が野球を始める瞬間を見れるファンは居ない。だってプロでデビューした時点で既にとてつもない年月を積み重ねているはずだから。だからこそ、引退の瞬間、ほんの少し、見れなかったはずのその時間まで見れた気がする。終わるって綺麗だなと思った。

試合後のセレモニーも良かった。そして、トイレに行ったとき、偶然近くの売店で森岡選手のストラップを見つけて、買い直した。

本拠地最終戦を勝利で飾ったヤクルトスワローズ、そして森岡選手、そして次の日のライブに備えてノンアルコールビールで乗り切った自分。

お疲れ様でした。

9月29日

車で高崎へ。ツアー中は必ず楽屋に入ってすぐに弁当を食べる。1日の流れを作るためにずいぶん前からそう決めている。メンバーも自然と同じ流れになっていたけれど、最近、ドラムのタクさんが楽屋に入ってすぐにトイレに入ることで全ての計算に狂いが生じる。余計な想像をしてしまうから食っている弁当にも集中出来ないし、ここからは小の方で、ここからは大の方だという何となくのタイムを無意識の内に計ってしまって、大の方のタイムに差し掛かってくると箸が進まなくなる。いや、もしかしたら自分が見落としているだけでもうタクさんはトイレから出てきているのかもしれない。そうだ、そうに違いない。そういうことにして、弁当以外は視界に入れないようにしよう。

そうやって、楽屋の隅で弁当のみを見つめて箸を動かす。その間、スタッフさんが楽屋に挨拶に来てくれても弁当からは目を逸らさない。

あぁ、感じ悪いだろうなと思いながらも、弁当を食っている今、タクさんがトイレで大をしているかもしれない。その事実から逃れたい。という気持ちから逃れられない。

弁当を食い終わってからも後ろを振り返ることが出来ずに今度は本を読み始めた。もう口のなかには何も入っていないのに、さっきまでと同じように本だけを見つめながら過ごす。気がつけば何の為にこんな状況になっているのか訳がわからなくなってきて、面倒くさい自分の性格を呪った。

リハーサルで調子が悪い。音が埋もれて聞き辛い。ここ何回か、リハーサルで環境を整えすぎて本番で音の変化に苦しんでいたから、本番を見越してそのままリハーサルを終えることにした。

本番が始まると、リハーサルで残した余白が良い具合に吸われて、予想通りちょうど良くなった。

この日も序盤から凄い盛り上がりで、前に出るとお客さんがギターに触れてしまう。お客さんがギターの弦に触ると音が出なくなる。MCでそのことに触れると、「じゃあ前に来なければ良い」という声が。

関東のライブになると、小慣れたお客さんが増えてくる。いつもこういうのを聞き流せなくて困る。曲に入ってからもずっと腹が立ってしょうがない。次のブロックのMCでどう言い返してやろうかと考えながら歌っていたら歌詞を間違えた。次のMCでしっかり言い返してスッキリ。本当に大人気ない。良い加減大人になりたい。

8年前に出たときとは違って大勢のお客さん。本当にありがたい。お客さんが塊《かたまり》になってぶつかってくるようで心地よかった。まるで、扇風機の「強」の風を至近距離で浴びたときのような、息もできないほどの塊を感じた。8年前の自分におすそ分けしてやりたいほどの幸せ。

帰りに下北沢で社長と軽く飲んで帰宅。

9月30日

昼から、レコーディングしたばかりの銀杏BOYZの『援助交際』のミックス作業。細かい調整をしているとつい欲が出る。何かを上げたら何かが下がる。キリがない。レコーディングをして音源を作るということは、どれだけ妥協出来るかということ。理想を捨てていく作業。そうした先に、ようやくうっすらと現実が見えてくる。


ヘアメイクの青木さんに散髪してもらう。代官山の美容院へ。雑誌POPEYEに出てきそうな人がいっぱい居た。そして、J-WAVE。最近、うまく喋れなくて悩んでいる。貴重な電波を使っている以上、もっとしっかりやりたい。

最近体重が減らない。夜は、納豆、キムチ、笹かまを買ってきて部屋で。なんか寂しい気持ちになる。なんか満たされないこの気持ち。

トクホのペプシコーラにレモン味が出ていて、買って帰って飲んだらなんかおかしい。よく見るとレモンミントと書いてある。
ミント要らない。あぁ、逆にスッキリしない。

10月1日

移動中、寝ても寝ても眠い。首が痛くなった。会場に着いてリハーサル。今日も音の環境がイマイチ良くない。もうこうなると「来た」と思ってしまう。アレだ、本番になったらしっかり良い所に落ち着くやつだと。

その浅はかな考えが音楽の神様（そんなのいないけどな）にバレたのか、本番でさらに状況が悪化した。映画館を改装したライブハウスで、やたらと手すりが多くてお客さんも居心地悪そうにしている。でも今回のツアーは、そんな状況になってから楽しめるようになった。

悪い状況からどうやって改善していくか。それが楽しい。少しずつ時間をかけて、何曲か終えた頃には会場の温度も上がってくる。お客さんは鏡だから、そこだけを刺していけば良い。

途中、盛り上がって叫び過ぎて、声が嗄《か》れてしまった。まだ半分以上あるのにこの先どうなるのか。それでもどうにかやり繰りしていかなければならない。インディーズ時代から貧乏生活をしていたせいで、やり繰りには慣れている。そこからは、叫んだりしたくなる衝動をＭＣにぶつけた。この日も特別なことが言えた。こんなことを思ってたのか、と自分でも気がつくような言葉が多く出てきた。しっかり集中して、音楽の首根っこを捕まえてる感覚があって、気持ちよかった。声に気を使いながら、楽しく最後までやり切った。

ライブ後は黙ってホテルで飯を食って、じっとしていた。いや、じとーっとしていた。

車の窓から見た岐阜の夜は、無料案内所の派手な光に照らされて、可愛らしかった。

10月2日

浜松に移動。弁当は鰻。リハーサル中、体が重い。あまり歌わないようにして早めにリハーサルを終える。本番、お客さんが楽しそうにしてくれていて嬉しかった。どこを見ても良い表情が見れた。

昨日のライブと今日のライブ、ほんの少しの差がライブの出来を左右する。目の前に居るお客さんには今日のライブしかない、ということを理解した上で、どうしても昨日出来ていたことが出来なかった瞬間に足を引っ張られる。テレビゲームの中のキャラクターのパワーゲージが少しずつ減っていくように、見えない何かに攻撃されているような気がする。今日のライブは今しかないという気持ちを持っていても、昨日のライブを無かったものにすることは出来ない。

初めての浜松、次にまた行く理由が出来た。最前列の女の子が泣きながら笑っていた瞬間、来て良かったと思った。

悔しい。また必ず行く。

10月3日

鹿野さんと国立新美術館で待ち合わせてMUSICAの連載の取材。ダリ展へ。平日の昼間にもかかわらず混んでいた。展示された絵そのものよりも、絵を見てるお客さんに目がいってしまう。人混みのなかに、ついつい変なお客さんを見つけてしまう。

美術館のカフェですこし休憩するつもりが、鹿野さんとワイン。真面目な話をしながら酔った。相変わらず楽しい時間。「俺なんでこんな感じなのに飯食えてるんだと思う?」って聞かれたけれど、今日のこの時間がそのまま答えだと思う。そんな人。

渋谷へ移動してラジオの収録。KANA－BOON鮪君との対談の後半。3時間以上の収録。前回打ち解けたと思っていたけれど、完全に初期設定に戻っていて、またログインする所から始める。鮪にログイン。無事に収録を終えて、飲みに行った。お好み焼き「たまちゃん」本当に好きだ。うまいし、店員さんの感じが良い。

鮪君と2人で朝の5時まで。帰りに家に寄って、オススメの小説と漫画を渡して解散。これでもう距離が縮まっただろう。もう次はログインしなくてもパスワードが記憶されている筈だ。ねぇ、鮪ちゃん。

10月4日

激しい二日酔い。這うようにベッドを出て外へ。今日は休日、電車で秋葉原へ。秋葉原から御茶ノ水までの道が好きでよく歩いている。途中腹が減って、コンビニでゆで卵を買った。

なんとなく買ったゆで卵。外でゆで卵を食べるのは難しい。壁にぶつけて割って、少しずつ殻を剥いていく。近くの大学生の集団に怪しまれないように気を使いながらゆで卵に触れていると、「こんなはずじゃなかったのにな」と悲しくなってきた。はいはい、この後アレだろ、「そうして口に入れたゆで卵はいつも以上にしょっぱかった」的な落とし方するんだろ。お前の文章はいつもそうだ。そのドヤ感に胃もたれするときがある。もうすこしバリエーションを考えなさいよ。

御茶ノ水のヴィレッジヴァンガードへ。「このマンガがすごい!」のアンケートの締め切りが迫っているのに回答するマンガが無くて焦っている。オトコ編、オンナ編に分かれている上に、1年以内に発売された漫画という条件があって、慌てて新しい漫画を探しに来た。いつまで経っても見つからない。2時間近く悩んだ末に、純粋に読みたいというより、こんなのを読んでいると思われたいというイヤらしい気持ちが大きくなってきて、嫌になって何も買わずに店を出た。

　御茶ノ水から上野へ。くたびれたサラリーマンがアクエリアスのペットボトルに入れたお茶の色とか、メイド喫茶の客引きの死んだ目、バス停を占領しているホームレスのおっちゃんの汚れた荷物。通い慣れたあの道を歩いていると妙に心が安らぐ。

　久しぶりに実家に帰って、母、由美子と弟と弟の奥さんと焼肉屋。父、勝と近所の居酒屋。その後、犬のまる子[33]の散歩へ。久しぶりにゆっくり過ごした。

10月5日

　夕方まで実家で過ごす。母、由美子とゆっくり話をするのも久しぶりだ。パート先で包丁を使っているときに手を怪我してしまったらしく、みかんの皮を剥いてくれと頼まれた。久しぶりの頼み事が「みかんの皮を剥いてくれ」だなんて。もっと何か特別なことをさせてくれ。親孝行させてくれ。こんな何でもないことしかしてやれないなんて、と思いながら皮剥いていたら……はいはい、目に沁みたんだろ？　柑橘系のアレが目に沁みたんだろ？　だから、いつものパターンじゃねぇか。昨日のゆで卵のくだりで勉強しなかったのか？　お前、そんなことくり返してたら移籍させられるぞ？

表参道へ。#ハイ－ポールの打ち上げ。無事に改編を乗り切ったお祝い。本当に好きなんだよなぁ。この日も楽しかった。

また打ち上げ出来るように番組を盛り上げます。

10月6日

昼から事務所で打ち合わせ。

その後、雑誌の取材。そしてラジオの収録。

なんか煮え切らないな。

ぐずぐずに煮込んでやりたい。箸でつついたらホロっと崩れ落ちるくらいに、ぐつずぐずに煮込んでやるからな。覚悟しとけよ、明日。

俺の明日ー!!

10月7日

鳥取へ。食欲が無く、弁当も食わずに楽屋でずっと本を読んでいた。時間が来てリハーサルへ。なかなか音が決まらない。ライブハウスの構造上、スピーカーの位置をずらしたせいで音の聞こえ方が変わってしまった。時間をかけてそれを修正するころには嫌なイメージがついてしまう。薄々気づいていた。喉の調子が良くないことを誤魔化そうと、必死になって音の環境を気にしていたことに。なんとも言えない気持ちでリハーサル終了。

楽屋で、最近筋肉が付いたという話をしてメンバーに体を触ってもらったら、本当だと驚かれた。なんか嬉しくなってきて行ける気がした。

本番。前半快調にライブが進んで行く。お客さんの盛り上がりも凄い。嬉しくて調子に乗ってオフマイクで叫んでいたら中盤、声がかすれてきた。なんとかしぼり出す。

鳥取に来るのは、高校1年のときに友達と旅行で来て以来2度目。鳥取砂丘以外に行く所が無くて、もう話すことも無くなってしまった友達とベンチに座って途方

に暮れていたのが懐かしい。（お前いつも途方に暮れてるな）

あれから16年後にこんな景色が見れるなんて。そう思いながら声をしぼり出していた。あのときベンチに座って、道行く大人の目を盗んで無理して煙草を吸ったりしていたけれど、今は大勢のお客さんを前にして堂々と無理して声をしぼり出している。上質な無理だ。贅沢な無理だ。

無事に終了。

ライブ後、明日からを思って絶望する。声の前借りしたい。来月分前借りしたいー。

東京から来てくれた石田さん[34]と軽く飯を食って、ホテルへ帰った。

10月8日

高松へ。思っていたよりも移動時間が長かった。凄く綺麗な会場で、楽屋がホテルのようだった。案の定、喉の調子が良くない。昨日のライブ中盤辺りの状態でリハーサル開始。ほとんど歌わずに本番に備える。楽屋でも一向に気持ちが上がらず、あっという間に本番の時間に。

ＢＧＭと引き換えに聞こえる歓声。場内アナウンスに引きずり込まれてステージへ。今日も大勢のお客さん。良い顔をしてくれている。宿題を忘れて先生の前に立ったときのような気分だ。それでもやるしかない。序盤は調子良く行けた。中盤、予想通り苦しい展開に。それでも前には大勢のお客さんが。恵まれているなと思う。満足に声が出せなければなんの価値も無い。満足に出したら出したで、今度はその声のことでネットの方々（カス）が騒ぎ立てるのだけど。

　投げ出してしまいたくなる物の価値が大き過ぎて、嬉しくて苦しくなる。ライブは進んでいく。出しきれなかったときの悔しさも、出しきってしまったときの虚しさも、どっちにしてもキリが無い。キリが有ったら終わってしまう。

　救われたとか書くのがおこがましい程に最高のお客さんだった。

　うどん食って寝た。

10月9日

　起きたら集合時間。慌ててマネージャーとーる[35]に電話。寝坊して遅れると伝えようとしたけれど思うように声が出ない。ついにやってしまった。久しぶりに喉が潰れた。最悪な気持ちで福岡へ。

福岡に着いて、ネットで調べた鍼灸院へ。奥から出てきた、お寺の坊さんのような先生に全てを託す。鍼とお灸。なんでいつもこうなってしまうんだろう。失ってから気付く、そんなのは歌のなかだけにしたい。診療時間をだいぶ過ぎてしまっていて申し訳ないなと思っていたけれど、しっかり時間外手数料を取られていた。

ホテルの部屋で悩んでいても仕方ないと思い、気分転換に展覧会。都築響一「僕的九州遺産」へ。受付でまたアレに阻まれる。美術館、ギャラリーの受付にいる意識高いアートの門番系女子。アレは何なんだろう。自分が作品の一部にでもなったかのような振る舞いで、客を見下ろしてくる。「チケットの裏に名前を記入してください。そうして頂ければ期間中何度でも入場して頂けますので。えっ？　記入しないんですか？　えっ？　かなり細かい展示になりますので、しっかりと見る気があるのであれば、とても一度では見切れませんよ。しっかりと見る気があるのであればですけどー」

今日のはまだ可愛い方だ。

展示は凄く面白かった。特に、期待していた秘宝館の所。色々な刺激をもらって

（もうすでに声帯にはかなりの刺激を受けてるけどな）ラーメンを食ってホテルへ。

着いてすぐに寝てしまって、目が覚めたら真っ暗なホテルの部屋がぼんやりと浮かび上がる。明日、どうなるだろう。憂鬱な気持ちで電気をつけた。

10月10日

起きてすぐに恐る恐る声を出してみる。出た。ほくそ笑みながら会場へ。リハーサルでも歌えた。嬉しくて小躍りしたい衝動を抑えた。

本番まで極力声を出さずに過ごす。

本番、歌える歌える。調子に乗ってしょうもないミスを連発する。それが嬉しい。ミスというのは「ある一定の水準」を保てているからこそ生じるものだ、と改めて認識した。

本番後、楽屋の鏡に映る冴えない苦笑いのオッサンを見て、ユニフォームを泥だらけにした野球選手に対する感情に似たものが湧き上がる。よくやった、と自分の声帯を抱きしめてやりたかった。

本当に良かった。あれだけのお客さんの前で、当たり前にやれたということが良かった。お客さんが楽しそうにしてくれて嬉しい。

そりゃあそうだ。好きでいてくれて、チケットまで取って、わざわざ足を運んでくれる訳だから。その上で、それ以上の、異常を、ひねり出したい。

好きという気持ちは頼りない、脆《もろ》い、弱い。だからこそ、好きを超えないといけない。好きに落ち着いてしまったらいつか捨てられる。

打ち上げをしてホテルで寝る、ドラマ『渡る世間は鬼ばかり』のようなお馴染みの展開。

10月11日

起きたら二日酔い。喉も大丈夫そうだ。東京へ。打ち合わせを1件。たいして知りもしないのに、金にする為に来た話だということがすぐにわかった。残念。

夜は久しぶりに伊賀さんと。野球、音楽、映画、小説、漫画、古典芸能、話したいことがあり過ぎて、どれも途中で終わってしまった。時間が足りない。高校生のころに、バイト先のセブンイレブンでアイスクリームの冷蔵ケースが故障して、商品を廃棄するときに勿体なくて一口ずつ食べてからゴミ袋に入れたときのことを思い出した。

とにかく話をしていて嬉しい人。江戸っ子の好漢。小説を褒めてもらえて嬉しかった。

10月12日

フジテレビで#ハイ_ポールの収録。久しぶりの収録で、うまく流れが摑めず落ち込む。もっとしっかりやりたい。それにしても、毎回気分良く過ごせるのはなぜだろう。

入り時間に遅刻してしまって、楽屋に入って急いで弁当を食った。気がつけば打ち合わせ開始時間を5分過ぎていて、半分残して慌てて打ち合わせに向かうと、スタッフの皆がテーブルに弁当を広げていて「あれ、もう弁当食べ終わっちゃったの？」と聞かれた。

居心地が良いのはきっとこの感じのせいだ。

その後、事務所で打ち合わせ。バンドの過去を振り返るインタビューをしてもらう。胸焼けするような過去。

10月13日

病院で喉を見てもらう。異常無しということで安心した。まぁ、あんな変な声が出る時点で異常はあると思いますが。

Ｊ－ＷＡＶＥへ。今日の収録は少し良かった。もう少し自分の言葉で話せるようにしたい。大事なのは言葉を離すタイミングだ。（はぁ？）

夜はＵＮＩＳＯＮ ＳＱＵＡＲＥ ＧＡＲＤＥＮのベース田淵君とＳＫＹ－ＨＩと飲酒。朝まで楽しく飲んだ。帰りは歩き。秋だなぁと思いながら秋野暢子[36]の顔真似で帰宅。

10月14日

雑誌ＢＡＲＦＯＵＴ！の連載の取材。編集長山崎さんに加えて、今回は特別ゲストで週刊ベースボールの小林さん[37]に来てもらった。予定を大幅に超えても止まらない野球の話。野球の話は息をするより楽だ。

街を歩いていても、事務所の下にあるライブハウスでライブをみていても、なんかやりきれない。上を見ればキリがないけれど、下を見ても何もない。

弟夫婦に子供が生まれた。めでたい。良かった。やったー。

10月15日

盛岡へ。新幹線のなかで年配の集団が乱痴気騒ぎをしている。あぁ、うるさい。何故わざわざ座席を向かい合わせにするという手間を加えてまで、あんな騒ぎを起こすのかが不思議でならない。座席が向かい合わせになる以上は、そういうことなんだろう。そういうことでもさぁ、あの向かい合わせ嫌だ。やめてよー。

リハーサルで苦戦する。はいはい、いつものね。オッケーオッケー。

本番、歌いやすい。最高だ。３曲目でいきなりギターの音が出なくなるトラブル。流れを止めないように思いついたことを滅茶苦茶に話す。「今日盛岡でライブ出来るのを本当に楽しみにしていましたよ」

「待ってたよー」

「どれくらい？」

「すごい待ってたよー」

「東京ドーム何個分？」

「100個分」

「じゃあ200個分のライブをします」

焦って夢中でやったMC。「した」というよりは「やった」という感じのMC。こんなトラブルでライブを潰《つぶ》してたまるかという必死の抵抗の末に出た言葉。その言葉で拾ったライブ。メンバーの演奏も調子が良くて、何より声に余裕がある。

「歌える」

「歌える」

「歌える」

ひとつ飛ばして「歌える」

そんなライブ。

お客さんにもしっかりと当たっている手応えがあった。音がしっかりお客さんにぶつかっていた。あぁ、ライブ楽しい。

ホテルで食べた幕の内弁当のおかずがぐちゃぐちゃで滅茶苦茶で、ライブ後の感じにぴったりだった。

10月16日

福島へ移動。新幹線のなかで飯を食っていたら、隣に座っているギターの小川君の口から強烈なミントの匂いが。

飯を食うとき、[38]最初に甘い物を食べてからしょっぱい物を食べるとより美味しく感じられる変な味覚のせいで、この日もコンビニでシュークリームとおにぎりを買った。シュークリームを食べ終えて、口の中をいつでも行ける状態に整えた直後に、小川君がガムを噛んでいることに気がついた。

気にせず頬張ったおにぎりの味を突き破ってくるミントの匂い。こうなるともう駄目だ。その後、本を読んでいても、背もたれに体を預けて目を閉じてみても、ミントの匂いが気になってしまう。

耐えきれず小川君に「トイレの芳香剤みたいな匂いがする」と伝えたら、「これが本当の口臭トイレだね」と言われた。

郡山のライブハウスはいかにもライブハウスらしい古い建物。埃っぽい臭いで学校の体育館を思い出した。リハーサル中に緊急地震速報。すぐにリハーサルを中断してフロア中央へ集まる。あの不気味なアナウンスと耳障りな音には未だに慣れない。そんな中、ライブハウスの皆は慣れた様子で「この感じは大丈夫だよ、もう何回も来てるからわかる」と言っていて、それだけで計り知れない程のものを感じた。

2011年3月から色んなことがあった。あの当時、音楽で発信する力も音楽に救ってもらう素直さも持ち合わせていなくて、本当に悔しかった。とにかく売れたい、影響力が欲しいと強く思った。それから世に出て、良い時もあったけれど、ずいぶん落ち着いてしまった。時代の流れを恨むのは簡単だけど、単純な実力不足だ。新しいバンドがどんどん出てくる。去年、夏フェス会場で緊張した様子でCDを渡してきたバンドに今年横柄な態度で挨拶される。それにも慣れた。

そんな状態で迎えた念願の福島でのワンマンライブ。この日にライブ出来て良かった。また来たい。まだまだだった。必ずやり返したい。今話題のバンドとして、また福島に来たい。

ライブ後、ツアー中に積み重ねた不満を変な形でメンバーにぶつけてしまう。もっと他に言い方があるだろうと思っても、もうあとの祭り。

ぴーひゃらぴーひゃら〜アッソレソレソレソレ〜わっしょいわっしょい

申し訳ない……。
福島のお客さん最高でした。

10月17日

事務所で打ち合わせ。スタジオへ移動してバンドのリハ。
夜は飲みに。また良い出会いがあった。落ち込んでいるときに限って良い出会いがある。

10月18日

昼過ぎに起床。鈴本演芸場に行こうと思っていたのに、寝坊して断念。今話題の石崎ひゅーいとくだらない話をしながら、街をぶらぶらして適当な店で飲む。あぁ、いかにも休日だ。ひゅーいは相変わらず可愛い。宇野君を呼び出したら逆に呼び出されて移動。相変わらずくだらない話ばかり。忘れたくないけれど覚えておく程でもない。そんな会話が一番楽しいよな。

10月19日

夕方までゆっくりしてから、スタジオで作業。最初にカオナシと新曲のデモ音源を録音。なぜ簡単な歌録りに手間取ってしまうのか。

その後、スカパラの加藤さんに来てもらって、バンドで別の新曲のアレンジ作業。時間を延長しても終わらず。深夜、加藤さんと長電話をしても結論出ず。間に合うのか。

10月20日

昼に起きて、この日記の原稿整理の続き。今日も鈴本演芸場には行けず。なんかこの行けそうで行けない感じが癖になってきてるんだろうな。

結局寝すぎてしまって、何も出来ずにJ－WAVEへ。今日の収録もなんとも言えない感じ。

思い切って尖ったことを言おうとしたのに、だんだん不安になって中途半端になって結局なんの話をしていたのか自分でもわからなくなってしまった。今、思春期だな。ラジオ思春期。

その後、番組のスタッフと飲み会。歴代のディレクターが勢ぞろいして、個人的にはプロ野球オールスターのような豪華な飲み会。

J-WAVEの人達好きだなぁ。

結局遅くまで飲み過ぎてしまった。

〜てしまった。ばかりの1日。

10月21日

久しぶりに曲作りをしてみる。全然出来ない。夕方、歯医者へ。レントゲンで詳しく親知らずの状態を調べてもらう。最悪だ。生え方が悪くて神経に絡まっているから、口腔外科で手術をしなければいけないと言われた。怖い。骨を削ってバラバラにして歯を抜くなんて。絶対血がいっぱい出るじゃないか。怖い。もう歯いらない。明日起きたら歯無くなってろ。いらないいらない。いらないよ。

今日を境に大きく変わった。いつか必ず爆発する爆弾を抱えて生きていくことになった。そうか、それならそうやって、それまで生きてやる。

俺は……自分の体からいっぱい血が出るのが怖いんだ。

10月22日

沖縄へ。初めての沖縄。飛行機を降りた途端にもの凄い熱気。

空港で出迎えてくれた現地のイベンターさんの恥ずかしそうな小声の「めんそーれ」と、それを運ぶ南国の風。社風なのだろう。出迎えた相手に義務付けられたがんじがらめのめんそーれ。尾崎豊が聞いたら怒り出して抗《あらが》い出しそうなほどの偽りだらけの窮屈なめんそーれ。

ホテルに着いてからメンバーと居酒屋へ。この日はせっかくの沖縄ということもあって少しだけ飲んだ。東京と大きな変化もなく、少し穏やかでちょうど良い。来る前は、沖縄を楽しまないといけないというプレッシャーに押しつぶされそうで憂鬱だったけれど、全然大丈夫で安心した。向かいのテーブル、敷かれたゴザの上でくつろぐ家族連れを見て心が和む。

ホテルに戻る前に寄ったコンビニの前に群がる夜の街の方々。鋭い眼光が一斉に向けられる。

どっちだよ！　安らぎと恐怖の振れ幅で乗り物酔いするわ！

10月23日

ライブハウスに着いて絶望する。フロアが入り組んでいて段差があったり、複雑な形で苦手な造りだ。今までの経験上、お客さんが盛り上がりづらいライブハウスだ。それでも今日はなんとかしたいと、リハーサルを終えてから必死に考えた。どうしたら良いライブになるか。このツアーは密かに、「ライブハウスの構造に負けない」というテーマを掲げている。ライブハウスのせいにしない為に考えた。

本番、予想以上にお客さんの熱量が高い。ライブハウスの構造を無視してお客さんが楽しんでくれている。とにかく暑くて、汗が止まらない。タオルで顔を拭くのが馬鹿らしくなるくらい体が濡れている。こっちが空気を読む前に、熱気がまとわりついてくる。酸欠で倒れそうになりながら歌う。言いたい事が多くてＭＣで喋りすぎてしまった。沖縄に来て良かったと思った。沖縄のお客さんは顔が濃い人が多いから、目が悪くて普段はよく見えない表情もよく見える。最高だ。良い顔がいっぱい見れた。このツアーは全体的に、男子が可愛くてしょうがない。この人達が、学校や会社やバイト先で馬鹿にされないバンドでありたいと毎回強く思う。

「えっ、音楽好きなんだ。バンド系？　何が好きなの？　えー、意外と詳しいよ。ちょっと言ってみて。知ってるから絶対。知ってるって。だからぁ、早く。言ってよ、ほらぁ」

「あぁ……あの声高いやつね……そっち系かぁ……そっかぁ……あっそろそろ休み時間終わるから戻るね」

　そうならないように頑張りたい。沖縄、楽しいな。好きになってしまったじゃないか。また好きな物が増えるのか。荷物が重くなる。失う物が増える。手を離さないようにするのが面倒くさいな。それでも良いと思ったんだから仕方がない。

　ライブ後、楽屋でしばらくパンツ一丁で過ごす。なんかライブバンドみたいで嬉しかったなぁ。ライブ後に汗まみれになって肩で息をしながら、もう1ミリも力が残っていません、全部出し切りました。そんなアレにずっと憧れていたから。

　打ち上げはこのツアーで一番楽しかった。東京から来てくれた下川さん[39]、日浦さん[40]、宇野君、たすくさん[41]も一緒で、楽し過ぎた。あぁ、楽し過ぎたって馬鹿っぽい言葉だな。でもそんな言葉が似合う夜。それにこの日記を書いているのは11月3日だ。なかなか書けずにいた。昔から、好きな人から来た嬉しいメールになかなか返信出来ないのと一緒で、思いの強い日はなかなか日記を書き出せずに、結局、後日ぼんやりした記憶で書くことになる。この日も、もっと色んな気持ちになったけれど、もう忘れてしまった。

だから、その日の夜に日記を書けてしまうような、なんでもない1日が一番良い。

そんな日を人はきっと〜?

幸せと呼ぶのでしょう!

コールアンドレスポンスもキマったので、寝ます。

10月24日

予定よりも早く目が覚めてから二日酔いで眠れず。それにしても昨日は楽しかった。ベスト打ち上げ。打ち上げというより、ぶち上げ。帰りの飛行機で終始泣きわめいている子供。良いじゃないか。これだけ長時間意思表示が出来るなんて、表現者として考えれば大変素晴らしい。私なんてまだまだだ。今、目の前に広がる世界だけに向けて精一杯声を張り上げる小さな小さな表現者に乾杯。

なんて思えるはずもなく、ただただうるさい。

東京は寒ぃ。事務所で雑誌Ｎｕｍｂｅｒの取材。『名門！第三野球部』について話した。その後、歩いて帰ろうとして道を間違えて迷ってしまう。歩く度に脱げる靴下のせいもあって、だんだんイライラしてきてタクシーを拾おうとするも、なかなか捕まらない。あぁ、イライラする。環七の路肩に立ちつくす、靴下が半分脱げた俺。

やっとみつけた空車の赤にも、喜びや安心よりも先に思わず舌打ちしてしまう。こうやって世の中に無視されたような気分になる瞬間が時々ある。そもそも相手になんてされていないのに。

久しぶりに松居大悟[42]とデニーズへ。近況を話し合う。会話の行間あり過ぎの熟年夫婦のような会話。これが良いんだ。締めにパフェを食って解散。

帰り道、前から気になっていた道を選んだらまた迷ってしまった。両耳を塞ぃで「もう嫌ぁ」と叫びそうになった。そして寒くて風邪をひきそうになった。

10月25日

起きたら歯医者を寝過ごした。最悪だ。慌てて電話をして謝罪と次の予約を。今週はもう埋まっていて、来週は休診。次の予約は再来週になるという。自分が悪い。あぁ、棚にあげてぇ。棚に押し込みてー。そして陳列してぇ。ちょっと面出ししたりしてアピールしてー。ポップなんか付けちゃったりして、売り上げ伸ばしちゃったりしてね。

スタジオへ。スカパラ加藤さんに来てもらってバンドリハ。なかなか形にならない新曲。レコーディングが迫っていて焦りだけが大きくなる。スタジオが終わってから加藤さんが、仕上げている新曲について突っ込んだ話をしてくれた。このままだと中途半端な物を出す事になるし、そうなるとバンドにもお客さんにもプラスにはならない。時間をかけてそんな話をして、ずっと引っかかっていた物に気付いた。本当に申し訳ないけれど、レコーディングを延期してもらうことにした。今は全然作りたいと思えないし、良いと思えない。そんなこと、口に出してはいけないと思っていたけれど、口に出したら楽になった。今までそうやって無理をして、流されてリリースを重ねた結果、色んな物を失ったはずだ。またくり返す所だった。レーベルの皆には本当に申し訳ない。必ず返したい。

二つ返事で、じゃあレコーディングをやめよう、と言ってくれて驚いた。時間をかけてでも良い物を作ろうと言ってもらった。本当にありがたい。そして、このきっかけを作ってくれた加藤さんに本当に感謝している。もっとしっかり考えないと。バンドのフロントマンとして恥ずかしいことをしてしまった。

腹が減って、ラーメンを食いに近所の居酒屋へ。とんこつラーメンが名物のこの居酒屋には何度か来ていた。この日もラーメンを注文。

ジンジャーエールで口を湿らせながら待つこと数分でラーメンが到着。ふた口程食べてから、丼の中にキラリと輝く物を発見。かなだわしだ。

店主に伝えると作り直すと言う。すでに食欲を無くしていたけれど仕方がなく待つことにした。途中、どうしても我慢出来なくなってきて、「時間かかりますよね？」と聞いたら「いや、スグだから、スグスグ」という返事。仕方がなく待つ。

運ばれてきたラーメン。店主がテーブルに丼を置く。その直後に店主が放った一言が忘れられない。

「なんで入ったのかわからないですけど、すいません」

ラーメンに手をつけずにしばらく考えた。本当に自分が間違っていないかをしっかり考えた。その上で店主に、今のどういう意味ですか？　今の言葉に納得がいかないので帰りますと伝えた。相変わらず自分が面倒くさいし、何よりラーメンが勿体無い。悪い事をしていると思う。それでもあの言葉には、どうしても我慢が出来なかった。

いやぁ、麺の硬さには、バリカタの上にハリガネがあるけれど、まさか本当にハリガネが入っているとはね。

家に帰って腹が減ってしょうがなかった。

10月26日

なかなか寝付けずに、起きたら寝不足。昨日のラーメンのバチが当たったか。フジテレビで＃ハイ」ポールの収録。今日も楽しく終えました。あぁ、水合うなぁ。ちくしょう。水が、毛穴から肌に染み渡るなぁ。

角を曲がったら出会い頭に水とぶつかるなぁ。それで、痛ってぇってなって、何よフンってなって、学校に行ったら転校生の話題で持ちきりで、先生が黒板の前でその転校生を紹介した瞬間に、あっさっきの……なんだ知り合いなのか、じゃあ折角だから隣に座りなさい。えーっ、違う違う、そうじゃ、そうじゃってなってストーリーが展開しそうな程に、水が合うなぁ。

その後、メンバーと話し合いという名の飲み会。ツアー後半のセットリストや、今後の曲作りについて。なんかいかにもバンドみたいな話し合いをしてしまった。恥ずかしい。

なんか熱く、今後挑戦していきたい明確な目標を打ち出したりして。

やっべー、売れちゃったらどうしよう。

10月27日

今日は楽しみにしていたけれど、怖かった鼎談《ていだん》の日。オードリー若林さんと、光浦靖子さんと。自分が面白いと思っている人につまらない人間だと思われることが怖い。必死で喋っていたら下ネタばかりになってしまって泣きたくなった。言葉で勝負している人を心から尊敬している。

とにかく貴重な時間だった。

10月28日

松居大悟と待ち合わせてＤＩＧＡＷＥＬの展示会へ。そして前から約束していた中華料理屋へ。雨の中、店の外に並ぶ。横で大声で話をしているオシャレ会社員の集団。

ウチは基本私服ですね。１日の始まりに何を着ていくか、そんな自由も無い場所に仕事なんて生まれないんですよ。自由というヘリポートがないと、発明が着陸出来ないでしょう。まずは何を着るか選択をする。それで１日を始める。そして帰ってきたら洗濯をする。なんてね……。

インタビューでそんな受け答えをしそうな社長が経営してそうな会社の社員達の会話を聞きながら、冷たい雨粒を見つめて必死に順番を待った。担々麺美味しかったなぁ。

松居君と一緒に六本木へ。打ち合わせに行く松居君を降ろしてからＪ－ＷＡＶＥへ。今日は会心の出来。これだ、という形で話せた。この調子で続けたい。やったぞ。

移動してスタジオへ。ツアー後半へ向けてバンドリハ。セットリストも変えて、楽しみになってきた。

無事に終えて、相変わらず降りしきる雨のなか、機材搬出。すると、遠くの方からカップルが歩いてくる。相合傘に、ひとつのマフラーを2人で巻きつけて、うっとりした表情で歩いてくる。こういうカップルって大抵、イメージよりも大人しめな人達が多いよなぁ。駅でキスしたりしてるカップルも、顔見たあと大体二度見してしまうよなぁ。とぼんやり考えていたら、女性の方がこっちを見ながら男性に耳打ちをしている。気付かれた。でも心の中で何を考えていたか、そこまでは大丈夫だろう。

10月29日

夕方までのんびり過ごす。

コンビニに明日のチケットを買いに行ってからＳｕｉｃａのチャージをしようと駅の券売機へ。そこで財布のなかのＳｕｉｃａが無くなっていることに気がつく。

どこに行ったのか気になる。今でも気になっている。あんなに窮屈な場所にキャッシュカードと一緒に押し込まれていたのによ。なんで無くなった。なんで無くなったんだよ。気になる。仕方がなく新しくしたらPASMOになった。PASMOかぁ、PASMOかよぉ。良いんだけど、なんかな。コンビニの支払いのときに「PASMOで」とか言うのかよぉ。それで残高不足だった場合、余計に恥ずかしいじゃないかよ。

家で日本シリーズの中継をみたり、本を読んだり。日本シリーズ、日ハム強かった。去年の今頃、第5戦が終わった直後、悔しさと喪失感でベッドに潜り込んで不《ふ》貞寝《てね》したのが懐かしい。起きたら深夜で、凄く寂しかったのを覚えている。

明日の小旅行が楽しみでなかなか寝れない。

10月30日

朝、家を出る前に久しぶりの旅にテンションが上がってしまい、なぜか、出発前に玄関に置きっぱなしにしていた古いカバンの整理を始めてしまう。その結果新幹線に乗り遅れて最悪な出だしに。

新幹線で昼からシュウマイとビール。前からこれをやってみたかったんだよなぁ。京都駅でマル君と合流。インディーズの頃、関西に行く度にマル君の家に泊めて貰っていた。お互いバンドのフロントマンとして、音楽で食うことを目指していた。今はバンドを辞めて、結婚して、会社を始めたマル君とライブに行くのは何年ぶりだろうか。飲み屋で軽く飲んで、ボロフェスタの会場へ。ボロフェスタは京都のKBSホールで行われるフェス。クリープハイプも今まで2度出演させてもらった。ビールを飲みながらライブを見る。純粋なお客として何組ものライブを見るのが新鮮だった。久しぶりに見たチプルソも銀杏BOYZも最高だった。銀杏BOYZの最後の曲が終わって峯田さんがステージを降りた後に、横に居たマル君に「アンコールやってくれるかな？　もう一曲聴きたいな」と言ったら、「聴きたかったら手叩いたら良いやん」と言われた。

バンドを辞めて、純粋なお客としてライブを見ているそんなマル君の言葉には説得力があった。

演者側の視点であれこれ考えるよりも、お客としてステージに求める。一方通行ではなく、両方知らないと良いライブは出来ないと思った。どんなに凄いミュージシャンも元は全員お客だ。そして、凄いミュージシャン程、ちゃんとお客でもあるんだと思う。これからも定期的にステージを見上げるこの視点を確かめなければと思った。

銀杏のアンコールも終わって気持ち良く帰ろうと歩き出したら、明らかに年下の田舎のヤンキーに絡まれた。表に出ろと言われても、今から表に出る所だよ。言い合いをしている内に警備員さんに止められる。その後、お客さんに「今度ライブ見に行きます」と声をかけてもらって我に返る。それにしてもなんで絡まれたんだろう。

マル君の家へ向かう途中に寄ったサンマルクカフェで、明らかにお釣りをもらってないのに、笑顔で渡したと言われて泣き寝入り。

家に着いて、マル君の奥さんも交えて朝までプロ野球の話。主になんJ[43]の話で盛り上がる。お陰で今日1日を楽しく終えることが出来た。松茸を食べさせてもらった。美味かった。

風呂に入って、敷いてもらった布団で就寝名誉監督。

10月31日

何年ぶりかのおはよう体操で起きる。(おはよう体操というのは10年以上前からある体操で、マル君の「おはよう体操しようぜ〜」という意味のわからない掛け声と同時に体を揺すられたり抱え上げられたりしながら、叩き起こされるイベントです)

ただ、お互い大人になってしまって、今回はずいぶんアッサリとした形式だけの、お盆の墓参りのようなおはよう体操だった。

電車に乗って新世界へ。高架下でギターを弾きながら演歌を熱唱するオッサン。格好良くて、思わず何枚も写真を撮ってしまった。辺りにたちこめる小便の臭いがメロディーのようだった。

昼から串カツ屋で飲酒。会計を済ませようとレジへ。可愛らしいなぁと思ってチラチラ見ていた女子の集団、うち1人がこっちへやって来た。「応援しています」と握手を求められて、二度づけがバレたような気分になった。

西成へ。久しぶりの西成。やっぱり圧倒的なエネルギーがあって歩いているだけで元気になる。談笑している人も、項垂《うなだ》れている人も、叫んでいる人も、全部が刺激的に飛び込んでくる。公園で缶チューハイを飲んでいるおじいさんに「あぁ、孫やぁ」と声をかけられた。

途中、「居場所」という居酒屋を見つけて、なぜか泣きそうになる。すこし前に西成でボランティアをしていたマル君の案内で初めて労働福祉センターの中に入った。西成は0から1を生み出す瞬間の空気が常に漂っていてたまらない。路地裏の住宅街、一番奥の家の窓越しに、何かのリモコンを何かに向けて立ち尽くしている老人をずっと見ていた。

天王寺、日本橋を歩いて、難波でマル君と別れて新大阪へ。疲れきって寝ていたらあっという間に新横浜。ホームで寝ぼけながらポケットに手を入れて、財布が無いことに気がつく。

駅でたらい回しにされて、ようやく話を聞いてくれる駅員に巡り会った。財布が無ければ帰ることも出来ない。すがるように事情を説明すると、迷惑そうな顔で東京駅に電話を掛けてくれた。自分の失敗を網棚に上げて、とにかく被害者になりたくて、「そういえば、1つ席を空けて座っていたサラリーマンが見るからに感じが悪くて不穏な空気をまとっていて、目の奥もギラッと光っていたような気がする」というようなことを言ったり、「隣の席にカバンを置いていたから、寝ている隙にカバンの中を開けられたに違い無い。そういえば隣の席には自分のカバンと一緒にサラリーマンのカバンも置かれていた。だから自分のカバンを開けるような素振りで、その隣のカバンを開けて中身を持って行かれたんだと思います」というようなことまで言った。

困った時の頼みの綱、社長に電話をして今後の相談。カードを止めるべきか話し合っていると、悔しさと悲しさが押し寄せてくる。社長にはもう「サラリーマンにカバンを開けられて財布を盗られた」とまで言っていた。

その時、東京駅から入電。あった。あったよ。財布、見つかったよ。

気まずい空気を切り裂いて、いざ東京駅へ。

無事に受けとって満員電車で帰宅。あぁ、疲れた。財布は大事だ。もう絶対離さない。財布、これからもずっと一緒だよ。

11月1日

昼過ぎからスタジオでバンドリハ。ツアー後半に向けて新しいセットリストを詰めて行く。どうも最近ゆっくりし過ぎて調子が出ない。やっぱり詰め込んで余裕がない位の方が良い。

スタジオの帰り、去年貰った誕生日プレゼントのお礼に、大阪のおもちゃ屋で買ったタートルズの人形とTシャツをカオナシに渡した。喜んで貰えて良かった。

11月2日

朝から衣装合わせ。

スタジオに移動してツアー後半に向けたゲネプロ。新しいセットリストで通してみたら、だいぶ忘れてしまっていて焦る。不安を残してゲネプロを終える。何とかする。何とかしたい。何とかなって。

事務所に戻ってラジオのコメント録り。そして吉祥寺へ。まずは、いつも異常な愛情を注いでくれるタワーレコード吉祥寺店に挨拶。前に邪険に扱われていても、後々その当時の新人だった店員さんが成り上がって応援してくれたりするパターンもあるから面白い。本当にいつもありがとうございます。

PARCOに移動して明日から始まる展示、「世界館」の最終確認。9月に出したアルバム『世界観』にかけて「世界館」という展示をしたい。そんな突拍子もない思いつきを、レーベルを始め、関わってくれた色んな人達が形にしてくれた。

最新のプロジェクターを使って、ライブ映像を罵詈《ばり》雑言《ぞうごん》が埋め尽くす世界館シアター。床も脳内をイメージして気持ち悪いブヨブヨの踏み心地に仕上げてもらった。そしてバンドの年表。思い出すのも大変なメンバーチェンジ。壁に張り出してみると、恥ずかしい過去もなんだか誇らしかった。沖縄でのライブ映像や、機材や服の展示も。

前日の会場には文化祭前夜のような空気が漂っていて甘酸っぱかった。自販機で買って飲んだジョアがまさにそんな味だった。っていうか、あれで110円も取るのかよ。たけーよ。

ユニバーサルの東さんが、楽しそうにしてくれていて、良かった。言われてなんぼ。批判すら糧にして創作に変えていく。ネット上に溢れるdisをあえて展示するというコンセプトでやってみたけれど、強がってみてもdisはdisだ。言われたら言い返したくなるし、悔しくて眠れなくなったり、長い間引きずったりする。言葉を信じているから、言葉にやられてしまう。

世界館　館長（浣腸）挨拶

いくら便所の落書きと言われても、それなりに受け止めてしまう。でも、これだけ言われるのであれば何かに使わないと勿体無い《もったいない》。肥溜めは肥溜めらしく、畑に撒いて肥料にしようと思いました。

便所だけにー。

クリープハイプ　尾崎世界観

ひゃー、強がってるなー俺。

11月3日

夕方まで曲作り。大阪に出発。新幹線で若い女の子に声をかけられる。「その席私のなんですけど」

慌てて乗車券を確認すると確かに今座っている座席の番号が印字されている。隣のマネージャー、とーるも困っている。さらに語気を強めて「そこ、私の席なんですけど」という女の子。号車が間違っていることを指摘すると、気まずそうに苦笑いしながら「すいません」と言って去っていく女の子。なんとも言えない気持ちだけが残った。交通渋滞が起きる原理もこれと同じなんだろうな。誰かがどこかで納

得出来ない気持ちを受け止めて、それを持て余す。仕方がないからそっとポケットにしまった。（ふぁー、かっこいい）

大阪に着いてホテルへ。インデアンカレーに行こうとしたけれど、ホテルの隣に良さそうな中華そば屋が。入ってみると、良さそうな券売機。そこで買った食券を差し出すと、良さそうな大将が受け取ってくれる。注文をすると、横で良さそうな女将《おかみ》さんが微笑んだ。ネギを抜いてくださいという軟弱な懇願にも嫌な顔一つ見せずに「じゃあ、代わりにチャーシューいっぱい入れておくから」という一言。周りを見渡すと女性客が2組。なんだかそれぞれが親しげに、「○○ちゃん最近帰ってきてますかー？」「あっ、買い物あたしがいきましょか？」と、良さそうに大将や女将さんと会話をしている。

なんなんだろう、この鳥が都会の風で汚れた羽を休めている感じは。そうだ深夜食堂だ。あれに似ている。また行きたい。大将にチャーシューのお礼を伝えてホテルへ。

松岡さんに鍼で串刺しにして貰う。最近は首の筋肉が少し柔らかくなっているらしい。良かった。いつもありがとうございます。

朝方まで眠れず。ｒａｄｉｋｏのタイムフリーでよなよな…火曜日を聴く。あれ最高。好きすぎる。波長が合うわー、電波だけに。

６時頃就寝。

11月４日

会場へ。リハーサル前に食べた弁当がやけに豪華で不安になる。こんな高そうな弁当で大丈夫なのかと抗議をした。（普通は逆）
やっぱりなんか落ち着かない。ライブ前は出来る限り幸せを感じたくない。良い思いをすると自分の中にある表現の実が減ってしまいそうで、ライブまでは極力普通に、出来れば不幸に過ごしたい。
案の定、リハーサルで苦戦をする。今までのライブハウスに比べて広くなった会場の音の反射に慣れない。微調整をくり返す内にこんどは喉が疲れてくる。ゲストで来てくれているチプルソとの段取りにも手間取ってしまい、こうなるともう駄目だ。とりあえずリハーサルは止めて本番に賭ける。
本番、久しぶりの大阪。大阪のお客さんは一番手強い。乗せると心強いけれど、一歩間違えると潰されてしまう。なんとか乗り切れそうになった所でつまらないミスが出て流れを切ってしまう。懐かしい緊張感と戦いながら、ライブは進む。終盤、ゲストのチプルソ[44]を呼び込んでのTRUE LOVE。難しい。ついついチプルソのフリースタイルに耳を奪われて集中出来ない。（だって好きなんだもん）
それでも簡単には死ななくなった。溺れているけれど、なんとか進んでいる。昔から知っている大阪には全部バレているから誤魔化しは通用しない。でもその分こっちだって大阪を知っている。お客さんに感謝しなければ。もっと成長したい。
ホテルで弁当を食って寝た。

11月5日

大阪、2日目。昼にZIP－FMのディレクター、深澤さんと待ち合わせ。一芳亭でしゅうまいを食った。どうしてもここのしゅうまいを食わせたかった、という深澤さんの気持ちだけで腹いっぱいになる。
会場入り。やっぱりやりづらい。はいはい、そんなのわかってますよ。こんなの居酒屋で出てくるお通しみたいなもんだろう。この野郎、カットしたろか！　え

2016年11月

え？

もう気にしないことにした。でも、気にしないという時点で気になってるんだよなぁ。

本番。とにかくMCで勝ちに行った。よく喋った。話したことに対して返ってくる笑い声を聞くと精神が安定する。お客さんの反応に乗ってどんどん言葉が出てくる。

少しでも多く歌詞以外の言葉を残すことで、ツアー中、毎回同じことをくり返している罪悪感が和らぐ。

相変わらずつまらないミスが多くて情けない。練習します。特にギター。

ゲストのチプルソとやるTRUE LOVEは相変わらず難しい。チプルソとお客さんの歓声に救われる。

2日間、勉強になった。色いろ残せた、はずだ。

打ち上げはやり過ぎた。3軒行ってホテルでプリンを食って気絶。

11月6日

起きたら二日酔い。まっすぐに歩けない。タクシーで打ち合わせ場所へ。千早茜さんと、新潮社編集の三重野さんと合流。ホテルのラウンジで、お洒落な食べ物がいっぱい並んでいたのにひと口も手をつけられず。本当に申し訳ないことをした。もう酒やめる。あんな物要らない。気持ち悪い。打ち合わせはしっかり出来た。どうなるかこれからが楽しみだ。

タワーレコード難波《なんば》店へ。いつもお世話になっているお礼で行ったのに、途中で我慢出来なくなって横になって休ませてもらった。またお世話になってしまった。いつもありがとうございます。

なんとか東京に着いてJ－WAVEへ。コンビニでざるそばと液キャベ。今日の収録も若干空回りしてしまった。1人で喋っていることが気持ち良くなる瞬間、心細くなる瞬間、その違いはなんだろう。それを早く見つけたい。

帰って風呂に入ってテレビを見て布団に入って今に至る。まだ気持ち悪い。あー。

11月7日

今日は昼から歯医者へ。この歯医者という書き方が幼稚な感じで恥ずかしいけれど、歯科医院と書くのもそれはそれでなんか鼻につく。

凄く丁寧に診察してもらった。親知らずの事も詳しく教えてくれた。大学病院を紹介してもらって予約も取った。これからの治療の計画も立てて、なんか歯に対しての意識が変わった。歯を大切にしよう。今まで色んな物を噛み砕いてくれてありがとう。とにかく歯、ありがとう。意味もなくカチカチ鳴らしてみたりして、今日を境に歯を大切にする人生が始まった。頭の中には1日中、歯を大切にする人生の始まりの音が、カチカチカチカチカチ鳴り響いていた。

はぁ?

帰りに写真の展示へ。1_WALL。良い写真がいくつかあった。事務所で原稿チェックをしてから昼寝。

スタジオでリハ。なかなか演奏が噛み合わずに焦る。明らかに自分が演奏を乱している。落ち込んでいる所に、色んな人達がライブを見に来てくれると連絡をくれてやる気が出る。

久しぶりの東京、良いライブしたいなぁ。

11月8日

ボイトレa.k.a.ボイストレーニングへ。体を解《ほぐ》してもらって、声を出してライブに備える。事務所で昼寝。そして文章を書く。

夜から明日のライブのフィッティングa.k.a.衣装合わせをしてバンドでリハ。焦りからか、今日もつまらないミスをくり返してしまう。このままでは悪循環に飲み込まれると思って、1人だけ先に帰って来た。

日記も書く気にならない。今日はもうやめた。

明日だ明日。

11月9日

朝早くからとある撮影。高円寺のホテルでヘアメイクと着替え。

KANA-BOON鮪君と合流。撮影現場が良い具合にピリッとしていてご飯に合いそうだった。突然の無茶振りに絶体絶命の場面、鮪君が助けてくれた。彼には意外と芸人さんみたいな部分があるんだよなぁ。終了後、ライブの入り時間までホテルで仮眠。寝る直前に清掃のおばちゃんに起こされる。ちくしょう。

お台場へ。東京でのワンマンライブは久しぶり。今日はカメラも入っているし、いつも以上に関係者が多い。リハーサルも緊張で上手く進まない。歌っても歌っても、穴の空いたコップのように漏れてしまう。落ち着かないままリハーサルが終了。

本番まで、いつも以上に楽屋に話し相手が多くて、話し過ぎてしまう。そうこうしている間に本番。

気合いが空回りして体がガチガチの状態で、ステージから見渡す限りの人の波に飲まれる。今日はいつも以上にフロアが高い。お客さんが覆いかぶさってくるような感覚で、つい反応ばかりをうかがってしまう。息継ぎのタイミングを間違えたまま、ライブは進む。ＭＣでも空気を破れず、言葉が照れになってステージに跳ね返ってくる。

中盤から、ようやくぴったりと合わさって落ち着いてきた。とにかく2時間、ステージの上で転がされてるようで、終わってからぐったりと疲れていた。それも、自分のではない借り物の疲労に感じる。

アンコールを終えた後、舞台袖にメンバーが誰もいない。なんだこんな日に。感じ悪いなぁと思って楽屋のドアを開けると真っ暗。

ケーキに火がついてからは王道のパターン。良い誕生日になりました。ありがとうございます。

この日は何故か、ライブの評判が良かった。周りの人達が皆良かったと言ってくれて、Ｔｗｉｔｔｅｒでエゴサーチをしてみても、お客さんが満足してくれていた。本当に驚く程の反応だった。あれだけ緊張したのは久しぶりで、まるで音楽に首根っこを押さえつけられているような感覚だった。そのなかで必死にやった結果、届いたのであれば嬉しい。誕生日プレゼントをもらって命拾いしたと思って明日に備える。とにかく明日だ。明日。まっすぐ家に帰って、ひとり寂しくコンビニの揚げ出し豆腐を食いながら興奮していた。

11月10日

しっかり寝た。ライブの前にこれだけ睡眠を取ったのは何年振りだろうか。さぁ、昨日のフリにボケなければ。今日は何としても良いライブをする。最低でも、当たり前に、良いライブをしなければいけない。

いかり肩で会場入り。リハーサル中も何も気にしない。ただライブ本番に向けて、上から抑え込むイメージを。

この日はいつもボイトレa．k．a．ボイストレーニングでお世話になっている石ケ森さんが会場に来てくれて体を整えてくれた。もう条件が揃い過ぎている。とにかく昨日があっての今日。やる。

本番、冒頭から嚙み付く。音楽に歯型を残す感触は最高に気持ち良い。こうなったらもう勝ちだ。終始自分のペースでライブが進む。どこに落とせば良いかがしっかり見える。当たり前だよ、これは昨日の分、そしてこれはクリリンの分、そしてこれはモップの分（モップはてめえが……）と言った具合に楽しくやった。

あれだけ高かった客席も、見下ろしてみるとなんてことはない。最高、会心のライブ。

勝手に湧いてきたMCで会場が沸く。

打ち上げもやり過ぎた。途中、アメトーーク！の読書芸人で、『祐介』が読書芸人大賞に選ばれたことを知って盛り上がる。社長がシャンパンを頼んだ。パンパンパーンと弾けた。楽しかった。東京はやっぱり良い。生まれ育った街だということに、ライブをしてみて改めて気がつく。

出て行く場所も帰る場所も、やっぱり東京だ。

11月11日

夕方からレコーディングに向けての打ち合わせ。意外と早く終わってしまって拍子抜け。

事務所で、録画しておいたアメトーーク！の読書芸人を。『祐介』を取り上げてもらって本当に嬉しかった。一番怖くて、一番選んでもらいたい人が選んでくれた読書芸人大賞。

夜は又吉さんと飲酒。あっという間に時間が過ぎて、映画を10本以上観たような感覚。

本当に大事なことは日記には書かないし、書けない。

11月12日

お台場へ。#ハイ_ポールの収録。今日も楽しい。最近収録中に美味しい物をいっぱい食える。収録の合間にスタッフさん達がケーキを用意して誕生日を祝ってくれた。ケーキに立てられた「32」の数字がなんとも言えない。嬉しいなぁ。

それにしても、磁場が良いなぁ。あれは前世で何かあったな。嫌な人が居ないおかしい。

収録を終えて札幌へ。寒い。ホテルにチェックイン。明日に備えてヘラヘラする。

11月13日

ホテルからタクシーで会場入り。凍りつくような寒さに震えていると、車内で現地の人達の、今日は久しぶりに暖かいですね、という会話。

会場の周りには、寒いなか、早くから並んでくれているお客さんが。ありがたい。

リハーサルをしながら、前回同じ会場でのライブを思い出した。リハーサルで、音が反射してやり易いと浮かれていたら、本番で音が吸われて最悪だった。今回は入念に、吸われた分を想定して余白を持たせておく。

本番までの空き時間、浮わついているのが自分でもわかる。リラックスするのと気を抜くのは全然違う。

本番、全然音が吸われていない。嬉しい悲鳴。（きゃー）序盤、少し苦しんだけれどすぐに掴めた。薄暗い会場、音と景色の輪郭が曖昧で、目の前には数え切れないほどの手が差し出されている。なんだかゾンビ映画でも見ているようだ。差し出された手を見失わないように、一所懸命に歌った。

札幌に初めて来たときから変わらないのは、待ってくれているというのを強く感じること。前回の悔しさを完全に晴らした。あの時こんな景色を見逃したのか、と悔しくなった。

今日も大事な話をした。ＭＣは残るはずだ。その土地だけの物だ。今日やれて良かった。

終わってから、会場の反応が薄かったという話をしたら、周りの人達から、このツアーで１、２を争う位の盛り上がりだったと言われた。

そうか、今回はお客さんの歓声が吸われたのか。なんだか、お客さんが身代わりになって助けてくれたような気がした。

打ち上げ。社長が爆発。酔うと本当にうるさい。楽しいけど。

ラーメンまでしっかり食って、アイスクリームもキメて就寝。

11月14日

空港が大混雑。札幌ドームであったコンサート帰りのお客さんで手荷物検査場が溢れていた。係員は虚《うつ》ろな目で同じ動作をくり返していた。

東京に帰ってきてＢＡＲＦＯＵＴ！の連載で対談。今回は、神スイングやプロ野球の始球式でお馴染みのグラビアアイドル稲村亜美さん。話しやすくて面白くて、あっという間の１時間。

途中、ＢＡＲＦＯＵＴ！の皆さんにケーキで誕生日を祝ってもらった。いつもありがとうございます。相変わらずケーキには「32」が。

沖縄料理屋で飲酒。５人も集まれば賑やかだ。終盤、どのタイミングで約束している女性の所へ向かおうか、それればかり考えていた。

11月15日

家で曲作り、読書。文章を書いたり、大相撲をみたりして、夜にスタジオへ。新曲のアレンジ。色いろとリズムパターンを試す。

今日は特に何も無い日だなぁと思いながら、ポコチン出して就寝。

11月16日

朝から親知らずの件で慶応義塾大学病院へ。総合受付に行って、歯科受付に行って、検診をして、X線室に行ってレントゲンを撮って、口腔外科に行って、たらいのように回ってようやく先生に話を聞く。

若い女性の看護師さんに「私が担当助手になりましたのでよろしくお願いします」と言われる。憂鬱だ。怖がっている所を見られたくない。

大学病院は病人のフェスだ。数えきれない程のステージがあって皆忙しそうに動き回っていた。反対側の中央手術室が体育会系だとすると、歯科、口腔外科は写真部とか文化系の空気が漂っていて平和だった。

会計の順番待ちをしていると、どこかで聞き覚えのある名前がアナウンスされた。確か、シーズン終盤に病気を患っていたはずだ、もしかして、と気になって受付を見ていたらやっぱりそうだった。ヤクルトの選手。後ろ姿に向かって、来年もよろしくお願いします。病気、治りますようにと念じる。

順番がまわって来て会計。自動支払機の音声が何度も「お釣りが出ますお釣りが出ます」とくり返して来て、逆に、お釣り欲しいでしょう？　ねぇ？　欲しいよね？　おーつーりー！　みたいに感じて、もういらねーよってなった。もらったけど。

必要な資料を買いに新宿の本屋。アメトーーク！で取り上げてもらったのに結果が出ていなかったらと思うと怖くて、極力周りを見ないように目的の本を探す。運悪く途中、文芸ランキングを見つけてしまい、アメトーーク！で紹介されていた別の本が８位にランクインしていた。隣の９位が品切れになっていて商品が置いていなかったので、９位だ９位に違いないと無理やり自分に言い聞かせて先へ進んだ。買い過ぎた。

事務所で雑誌ＡＥＲＡの打ち合わせ。ＡＥＲＡに載せてもらえるなんて、大人になれたようで嬉しい。楽しみだ。

家で読書。曲作り。なんか今日は楽しかった。色んな物が入ってきた気がする。

11月17日

名古屋へ。弁当をレンジで温めすぎた。熱過ぎて味がしなかった。

リハーサルは絶好調。早めに終えて本番へ備える。

リハーサル前から、小説『祐介』の新しい帯に載せる文言のことで文春、篠原さんとやりとり。テレビで取り上げて貰って今が売り時なのはもちろんわかる。ただやり過ぎたくない。でも、発売後に帯が新しくなったりするのに憧れてたじゃないか。その間で揺れて酔う。

本番。落ち着いて地に足がついている状態を確認しながらライブの流れを見切る。置いて行かれないように。そして気づいてしまい過ぎないように。

リハーサルと本番の変化にも動揺することなく、しっかり歌えている。理想はリハーサルで作った土台に、本番のお客さんをそのまま乗せることだ。リハーサルで土台がしっかり出来ていないと、耐えきれずに崩れてしまう。それが出来たら後は自由行動。

この日は会場が見え過ぎた。ピンサロ位の薄暗さが理想。気持ちの良いことをするにはあれ位が丁度良い。それでも、気持ちよく出来た。2時間しっかりやって袖に引っ込む瞬間のあの感じ。名古屋のお客さんはいつも元気だ。

打ち上げではあまり酒が進まず、早めに終了。最近飲みすぎなんだ。そんな日もある。

11月18日

朝目が覚めたら明らかに風邪の症状が。終わったと思い、不貞腐《ふてくさ》れて二度寝。起きたら何故か治っていた。あれは夢だったのか。また始まった。

広島へ。今日は空き日。ホテルで昼寝、起きてから読書。

夜、ホテルを出て映画。八丁座という映画館は、お茶屋さんのような造りで居心地が良かった。シートも広めでゆったりできる。久しぶりの映画館に、隣のカフェで買った生姜ほうじ茶をすすりながら心が弾む。

予告編のときから気になっていた後ろの客がうるさい。本編が始まってしばらく気になっていたけれど、だんだん慣れてきたのか、そのうち映画のシーンに合わせて音を立てるようになった。
カメラのフラッシュの音に合わせてビニールの音、レストランで皿が立てる音に合わせて飲み物のカップの音、と言った具合にしっかり映画のシーンとシンクロしている。まるで後ろにもスピーカーがあるようで、特別な臨場感があって得をした気分だ。（本当は腹が立って我慢できずに、2回後ろをふり返りました）
帰りは大雨。祭りでごった返す商店街を抜けてホテルへ。ｒａｄｉｋｏのタイムフリーでビバリー昼ズ木曜日を聴きながらまた寝てしまう。起きたら相変わらず清水ミチコさんの声が。聴きながら安心して寝てしまって、起きてまた安心する。良いラジオ番組ってこういう番組だよなぁ。

11月19日

会場へ。むさしの弁当。包装紙の匂いが最高。
リハーサルも順調に終えて、メルマ旬報の原稿整理をしながら本番に備える。
本番直前、舞台袖に居ても熱気が伝わってくる。最初から最後まで、ほぼ思い描いた通りにやれた。残り２本になってようやく完成した。ミスも含めて、理想まで持っていけた。

会場の熱気でよく汗をかいた。もうこれ以上書くことが無い。ただの最高のライブ。

この日は、なんだかクソみたいな打ち上げだった。色いろ思う所があった。でも、ライブが良かったからそれで良い。

11月20日

広島から東京へ。小川君、カオナシと３人で品川から恵比寿に移動する為に乗った山手線の車内で、明らかにこっちに気がついている高校生位のカップルがニヤニヤ笑っている。

コイツら電車乗ってるよぉ。会っちゃったぁ。という感じのなんとも嫌な笑い方。こっちが気付いてないと思っているのか、顔を見合わせて、堪えきれないとでも言うように笑いを漏らしている。恥ずかしい。

案の定、目的地までの中間地点、なんとも言えないタイミングで声をかけられた。

求めて貰った握手が済んでしまうと会話も続かず、ただただ気まずい。

恵比寿で降りて東京都写真美術館へ。昨日広島のホテルで、今年もそろそろ写真新世紀[46]の季節だなと思って検索したら、今日が最終日。なんとか滑り込めた。

J-WAVEへ。今回は良い収録。しっかり言葉が出た。快便ならぬ快弁。

寄藤文平さんの事務所、文平銀座[47]へ。居心地が良くて、何かと理由を付けて来ている場所。約2時間居座って文平さんの話を聞く。その後、飲み屋に移動してまた文平さんの話を聞く。行き詰まった時にこうやって文平さんの話を聞くと不思議と楽になって目の前が見えてくる。こんなくだらないことで悩んでいたのかと馬鹿らしくなる。頑丈だった固結びがいつのまにかゆるんでいる。

話の内容はもちろんのこと、声色も柔らかく耳に自然と入ってきて、何かを作る時のスイッチを簡単に押してくれる偉大な人。この日も救われました。

突然飲み屋のカウンターで喧嘩を始めた男女。グラスの中身をぶちまけられて酒まみれになったスーツを、気まずそうにいつまでもオシボリでふいている男性。明日も頑張りましょう。俺も頑張るから。

11月21日

曲を作らないと。あっ、寝てた。曲を作らないと。あっ、寝てた。をくり返して、なんとかギリギリに出来て出発。スタジオで新曲のアレンジ。５時間は長い。すこしずつ固まってきた。

ビクター時代にお世話になった、アーティスト担当の洋平さんに久しぶりに会ってゆっくり話せた。移籍して色いろあってからも、時々こうして会って話が出来るのは本当に嬉しい。両親が離婚して、離れて暮らす父親に久しぶりに会う感覚。別れ際、楽しいからまたこうやって時々飲もうよ、と言って貰えて嬉しかった。

∞ホールで実験の夜。インディーズの頃を思い出した。毎日知らない所で何かが起きていて、それだけで嬉しくなる。

そういえば最近、実験する事が無くなった。失敗しながら作品を作る事が面倒になったのはいつからだろう。

久しぶりに、思いきり失敗してみようと思った。

11月22日

昨日に引き続き、昼からスタジオで新曲のアレンジ作業。レコーディング前にここまでしっかり形になったのは久しぶりだ。嬉しい。

機材搬出をしているときに、スタジオのロビーでバンドの話をしている何人かのグループ。妬《ねた》む側と妬まれる側なら、やっぱり後者がいい。それでも、未だに人の悪口をよく言う。言ってないとやってられない。嘘でないのなら、それで良いと思っている。直す気はない。私は誰の悪口も言わない、聞いているだけで気分が悪くなるし、生き物すべてを愛したい。そんな奴は信用出来ない。ちゃんと人を好きになったことがないのだろう。

大好きです、愛してる。と、大嫌いだ、死ね。は限りなく似ていると思う。

最近、翻訳された海外の作家の小説を読むのが好きだ。言葉にスピード感があって面白い。意味が言葉より後ろにあるから、情景が浮かびやすい。勉強になる。

さっきから、親知らずにもやしが挟まっている。栄養が少ないというだけで何故こんなにも疎《うと》ましく感じてしまうのか。仮に、これがもっと栄養価の高い物だったら、また変わってくるんだろう。

11月23日

芝浦でレコーディング。今回は楽器を弾かないからやる事が無くて困る。予定より早く終わって、レコーディングってこんなに易しいものだったかと不思議な気持ちになる。しっかりやれているんだろうか。不安だ。

子供の頃に聴いていた音楽を作っていた人と一緒に作品を作れるのは幸せなことだな。

夜はひゅーいと飲酒。２軒行って最後にラーメン屋。調子に乗り過ぎた。ひゅーい可愛い。

11月24日

起きたら雪。とにかく寒い。てっきり無いものだと思って、昨日飲み過ぎてしまったことを反省しながら、急遽レコーディングスタジオへ。

細かい修正やアレンジの変更。気になっていた所が解消されて、だいぶすっきりした。

48 インデアンカレーへ。とにかく寒い。体が千切れそうな風の冷たさ。またあの店員だ。少しでも水が減ると、頼んでもいないのに注ぎ足してくるあの店員だ。そのせいで、気になって水が飲めない。でも辛い、インデアンカレーは辛い。我慢出来ずに水を飲む。来るぞ、来るぞっ、やっぱり来た。注ぎ足しやがった。全部無くなってからで良いのに。なんで飲んだ分すぐに注ぎ足してくるんだ。お前はキャバクラ嬢か？　あっ？　過剰な親切は暴力だ。

前回、「水いりません」と言ったのにもかかわらず、こっちの目を盗んでこっそり入れたあなたの執念には度肝を抜かれました。

この日も、辛さに耐え切れずに終盤で水を飲んでしまった。もう注ぎ足されるのが嫌で、テーブルに置かず、ずっとコップを手に持った状態でいた。しばらくして、水入れますか？　と聞いてきた店員に対して、食い気味に、いりません！　と言ってしまった。だって、水いらねえんだよ。いらねえんだ。いらないいらない。俺はな、水嫌いなんだよー。

嫌いではないか。

会計の時も、洗い物で濡れた手を拭かずに札に触るせいで、お釣りがびしょびしょになった。この野郎、千円札が風邪ひいたらどうしてくれるんだよ。インデアンカレーは好きだけど、あの店員は嫌いだ。またこれが、よく出勤してるんだよなぁ。シフト減らせよこの野郎!

11月25日

フジテレビへ。#ハイ―ポールの収録。台本がいつもより少なくなっている。怖い。何が起こっているんだろう。辞めないからな。俺、絶対辞めないからな。今日も相変わらず楽しかった。俺、辞めないからな。それにしても、なんで台本減ったんだろう。

スペシャで打ち合わせ。せっかくの機会、面白いことをやりたい。

時間が押してしまって、スタジオでのバンドリハは断念。メンバーに任せて帰宅。明日はツアーファイナル。ベッドのなかでギターを弾きながら練習しようとするけれど、どうにも集中出来ない。あぁ、昔からそうだったな。集中力の無い、間の抜けた子供だったなと自分の幼少期を振り返りながらいつの間にか寝た。

11月26日

仙台へ。いよいよツアーファイナル。昼の弁当はほっともっと。贅沢せず、これは良い流れだ。リハーサルも調子が良い。

本番前、いつになく穏やかな時間が流れている。あとはやるだけ。ステージへ。冒頭もしっかり話せた。楽しい。さぁ、今からだ。

それなのに、上手くいかなかった。悔しい。色んな理由があるけれど、仕方がない。最後の最後で、また続ける理由が出来てしまった。仙台のお客さんは素晴らしい。終盤、泣きながらステージを見てる女の子。真剣な眼差しの、随分年上の男の人。息を飲んだ会場全体。

上手くいかないなと思いながら、後ろを振り返ったらそんな物ばかり見えた。凄い場所に立ってるんだなと思った。本当にありがたい。こんな場所を手放そうと思う瞬間がある事が恥ずかしくなる。言い訳がましく、アンコールで1曲追加した自分の弱さも恥ずかしい。言いたい事は言えたけれど、まだまだあった。情けない。

こんな事を書くのは間違ってるんだけど、嘘は書きたくない。嘘よりは、間違えた方が良い。今日が仙台で救われた。本当にありがとうございました。もっと良い景色が見れたし、もっと良い景色を見せてあげられた。仙台でライブをすると色いろ思い出すし、考える。大事な場所だ。

打ち上げ、乗り切れず。また社長が悪酔いをして腹を立ててしまった。最近本当に酷い。

メルマ旬報、登録したと言っていたからこの日記も読んでいるはずだ。

社長、悪酔いするな！

とにかく、今までで一番良いツアーだった。必ず、またやる。やるに決まってるだろ。

11月27日

東京へ着いてすぐにレコーディングスタジオへ。今日は新曲のブラスとストリングスのレコーディング。短時間で仕事をして帰っていくスタジオミュージシャンが格好良かった。曲がどんどん仕上がっていくなか、歌詞が相変わらず書けない。

Ｊ－ＷＡＶＥへ。相変わらず１人で喋るのは難しい。

酒も飲まずに、寂しくしょうもない飯を食った。

ここ数日、調子が悪い。

11月28日

なんとか歌詞を書いて、レコーディングスタジオへ。歌入れ。逃げ出したくなる程に歌えない。自分で作った歌が歌えない恥ずかしさ、情けなさ。どうしても声が詰まる。何度やっても思うような声が出せない。自分の歌だぞ、馬鹿か。またいつもの病気だろう。体中から嫌な汗が噴き出して、無闇にヘッドフォンの音量を調整して悪あがきをする。今日仕上げないと間に合わないのはわかっている。それでも声が思い通りに出ない。出ねえよ。逃げ出すわけにもいかない。やらないと進まない。全部捨てて逃げられる程の勇気も無い。

急遽、ゲストボーカルの鮪君に先に歌を入れて貰って、時間を置いてすこしずつ摑めて来た。なんとか終わった。よし、まだ続けられる。今回も、乗り越えた。

ライブ1本、レコーディング1回、いつ破裂するかわからないなかで、コレと上手く付き合いながらの活動には腹が立つ。鮪君には迷惑をかけた。後輩に助けて貰うやるせなさ。

プロがこんな事書くなって？

じゃあ読むな。

11月29日

昼から雑誌、髪とアタシの撮影。マンションの一室で、カメラマンの指示を受けて、家主不在のなか布団に寝転んだりベランダに出たり歯磨きをしながら歩き回ったり。

会ったことのない人の家で会ったことのない人の布団に寝転ぶのは不思議だ。知らない人の布団から知っている匂いがした。

楽しく撮影を終えてインタビューへ。これも楽しい。しっかり情熱を持って作っている雑誌に載せてもらえるのは幸せなことだ。

今ではすくなくなってしまった、自分が好きだった頃の雑誌が帰ってきて、その一部になれたようで嬉しかった。

移動して、魁！ミュージックで銀杏ＢＯＹＺ峯田さん[49]と対談。未だに会うと緊張する。対談出来て良かったし、楽しかった。良い対談だったと思う。終わってから喫茶店へ。幸せな時間。これも書かないし書けない。会ったということだけでもうすべて。

レコーディングスタジオで新曲のミックス確認。細かい修正。今回の曲はいつも以上に粘った。どんな卑怯な手を使っても良い。後悔したくない。エンジニアの方には昨日から世話になりっぱなし。

家に帰って聴いてみると、やっぱり気になる。音はすぐに感情に流されるから、しっかり聴き分けるのが難しい。

11月30日

歯医者へ。思っていたよりも大掛かりな治療に。前の歯医者が削り残した虫歯を綺麗に削ったら、卵の殻のような形に。柴山先生[50]、丁寧にありがとうございます。歯が良くなっていくのは嬉しい。冬の銀座は賑やかで、歩いているだけで楽しい。そこからの地下鉄。生温い風と過剰な熱気。ちょっと汗をかいたりして、冬が来たなぁと思う。あの、冬がはじまるよマッキー感、最高です。

51

久しぶりに実家へ。犬のまる子が可愛い。もう13歳か。産まれたばかりの甥っ子には会えず、残念。

由美子（母）と弟と飯を食いに。そして、一度帰って仮眠を取ってから、帰って来た勝（父）と飲み屋へ。勝ちゃん、職場の居心地が良くて楽しいとくり返していた。

家族と飲むのは楽しい。今になって、知らなかった事をいっぱい知れる。30歳を過ぎてから、すこしだけ素直に会話出来るようになった。

久しぶりに、あの部屋で寝た。昔の自分の部屋。

そう言えば、眠れない夜にこうやって、窓から高速道路を移動する光を見つけるのが好きだった。

12月1日

勝（父）が何か言っている。叩き起こされて寝起きでよく分からない。「お前何を寝ぼけてるんだ」とめちゃくちゃだな、お父さん。

曲を作ったり本を読んだり。久しぶりの実家、懐かしい部屋で過ごしてみるけれど、あの頃とは何かが違う。『リリイ・シュシュのすべて』[52]を観て、居ても立っても居られなくなってベランダに出てこそこそと煙草を吸った、あのベランダが見える。久しぶりに、由美子（母）の料理。美味いとか不味いとは違う、味の手前のあの感じ。また食いたいなぁ。

シャワーを浴びた時、「40を過ぎてからの薬用ボディケア」と書かれたボディソープを発見。勝、職場で恋でもしてるんだろうか。職場が楽しいって言ってたもんな。60歳を過ぎてからの恋、応援したい。

J-WAVE SPARK内のコーナー「お花茶屋へ行こう!」の素材録りに来ていたディレクターべーやん[53]と待ち合わせて、商店街を散歩。2組に声をかけて貰って握手をした。べーやんの前で、お花茶屋出身の有名人感が出せて良かった。

スカイツリーで鹿野さんと待ち合わせ。今日はMUSICAの連載「東京世界観」で墨田区へ。初めてのスカイツリー。一緒に写真を撮ったり、互いにお土産を買い合ったりまるで男同士のカップル。周りのカップルはどれも本命ではない、不倫、浮気のカップルに見えるなぁと話しながら東京の街を眺める。中学生の時、眠れなくて、深夜によく部屋から窓の外を見ていた。遠くの方で光の点がゆっくり移動して行くのを確認して、安心したのを思い出す。

近所の大衆酒場に移動して忘年会。女将さんの無愛想な接客も隠し味になって、美味い酒と肴で楽しい時間。

鹿野さんと電車で、押上から渋谷まで。向かいの席でおっさんが若者に喧嘩を売っている。変なおっさんを見ると元気になる。楽しい1日だった。

12月2日

夜までゆっくり過ごす。ファミコンの魔界村をやったり、本を読んだり、飯を食ったり。

小川君と待ち合わせて、新代田のライブハウスで、元メンバーがやっているバンドのライブ。

ライブハウスに来ていた古い付き合いのバンドマンに「あっ、最近文化人みたいになってる奴だ」と言われて、腹が立って仕方がなかった。あぁいう時に我慢出来ないのも、その後、明らかに冷たく接するのも、大人気ない。売れてるバンドには、売れてないバンドと見下される。ライブハウスで活動してるバンドには、売れてるバンドと疎まれる。面倒くせえ。

ライブ後に小川君と飲酒。2人きりだと何を話して良いのかがわからない。思春期の娘を持つ父親みたいになる。ひたすら「これからがんばらないとなぁ」と意味のない呟きをくり返す。隣のテーブルでは、頭に緑色の電飾を巻きつけた、性別のわからない金髪の人が、傘に絵を描いている。

その後、マネージャーと一るが荷物を届けに来てくれたので一緒に飲酒。結構飲んで帰宅。

12月3日

事務所でカップラーメン。久しぶりだと美味い。Ｊ－ＷＡＶＥへ。今日は良かった。最低限これ位話せないと電波に申し訳ない。

家に帰って読みかけの本を読み終えたり、ラジオを聴いたり、曲を作ったり。新曲のタイトルの締め切りが過ぎている。ようやく決めたタイトルも、身近なバンドと被っていることが発覚した。なんだよちくしょう。なんでも良いよ。いっそのこともう、チンコにしようかな。インパクトあるし。そうだ、チンコだ。

12月4日

１日曲作り。出来ない。ガストの宅配で２食分注文して、外に出ずにやったのに。思うように進まなかった。

それにしても、ガストの宅配のビニール袋は薄いな。水で濡らしたら溶けそうな程に薄い。

M－1グランプリ、面白かった。優勝したコンビが喜ぶ時、どこかぎこちないあの感じが好きだ。お互い絶妙な距離を取ってから恐る恐る肩を抱いたり、探りを入れた末に抱き合ったり。普段のその関係性から苦労や努力が見えてくる。コンビとかバンドの関係性は、わかりやすい握手や抱擁なんかで表現出来るものではないはずだ。何か掴み取った人は格好良いけれど、何かを掴み損ねた人も格好良い。悔しがっている人が好きだ。

ほうれん草をバターでソテーした料理が冷たくなっている。口に入れたらひんやりとしたバターの匂いが。曲を作れなくても腹が減る。そのことが堪らなく恥ずかしかった。

12月5日

曲が出来ない。

銀行から呼び出し。社長夫妻[54]と。薄気味の悪い嫌な時間だった。

夜は文春、篠原さんと鍋。忘年会。美味くて食い過ぎた。今後について深い話を。

今年は小説『祐介』に救われた。来年、もっと良い年にする為に、良い話が出来た。やるぞやるぞ、やってやるぞ。男にするぞ、男になるぞ。

書こうとしていた事を忘れた。「これ、今日の苦汁100%に書いてね」と言われたアレがなんだったか思い出せない。代わりに、珍しく話してくれた突っ込んだ話は覚えてるんだけど、書いたら怒られるだろうなぁ。

2軒目のバーを出て、冬の匂いを燻《くゆ》らせながら、靴底で道路を叩く。ふっと吐き出した白い煙はため息ではなかった。

あぁ、いっけねぇ。つい小説みたいな書き方をしてしまったぁ。

楽しかった。

12月6日

昼から事務所で打ち合わせ。レーベルの東さん、青田さん[55]と年末から来年の話を。曲を作らなければ。去年の今頃は、こうやって笑いながら打ち合わせが出来るようになるなんて思えなかった。本当に幸せなことだ。

スタジオでバンドリハ。新曲のアレンジを詰める。前半の重苦しい雰囲気が嘘のように、後半は良い形で進んだ。

前に1度行った、家の近所のカレー屋へ。店の人が既に来ていた客と仲よさげに会話をしている。なんか嫌だ。別に店の人と会話したい訳ではないけれど、居心地が悪い。注文しても鬱陶しそうにするし。そう言えばこの店のカレーはそんなに好きじゃなかった。近所にカレー屋がここしかないから、仕方なく来たんだ。早く来ないかなぁ。遅いなぁ。きっとさっきから客と会話しているせいだろう。やっと来た。うん、やっぱりそんなに美味しくない。そんな気持ちをよそに、店の人が、例の客に「飲み物サービスしますよ」なんて言っている。なんだよそれ。なんか嫌だ。別に飲み物をサービスして欲しい訳ではないけれど、居心地が悪い。

あぁ、美味しくないと思いながら会計。あれ、意外と愛想が良いぞ。スタンプカードをくれた。あれ、なんか美味しかったかも。スパイスが効いていて、今まで食べ慣れていなかったから気がつかなかっただけかも。あっ、良い笑顔だ。あっ、美味い。美味しかったな。ごちそうさまでしたー。

俺は馬鹿かもしれない。

帰り道、ポケットに突っ込んだ手に違和感を感じて引き抜くと、周りを驚かそうと忍ばせていたゴキブリのオモチャが。

驚いて、思わず放り投げてしまった。

俺は馬鹿だ。

12月7日

夜まで、ラジオを聴いたり、本を読んだり、曲を作ったり。突然、良い形で曲作りが進んだ。ポロっとこぼれてきた。あまりに驚いて、しばらく放ってまた本を読みだした。それ位、良い形が見えた。久しぶりの感触。

夜は、ＪＭＳの健太郎さん[56]と。インディーズの頃からお世話になっていて、今でも時々こうして近況報告をし合っている。いつも美味いものを食わせてくれる。クソみたいな時期に、何故か引っ張り上げてくれたのが健太郎さんだった。見た目はギャングみたいなんだけど繊細な人。２軒目から社長も合流して、とにかく飲んだ。そして、社長と無駄な３軒目。どうせ会話の内容も忘れてしまうのに、もう酒の味もしないのに、なんで行ってしまうのか。

とにかく飲んだ。良い日。

12月8日

最悪の二日酔い。起き上がってもまっすぐに歩けない。何とか家を出た。今日は大事な打ち合わせ。エレベーターの扉に映る自分の顔を見て絶望。パンパンに浮腫《むく》んでいて、酒臭い。何とか席に着いて、平静を装う。監督が凄く丁寧に話をしてくれて、救われた。作品で返します。良い気分で新宿へ。

アルタ前で、銀杏BOYZ峯田さんと待ち合わせ。初めて峯田さんに会ったのも、雑誌、音楽と人の撮影でアルタ前だった。

二日酔いのなか、ちゃんと過ごせるか不安で堪らなかったけれど、峯田さんに会った瞬間、嘘のように体調が良くなった。これ、本当に。不思議だ。

峯田さんに映画『タクシードライバー』のブルーレイを貰った。小説『祐介』に通じるものがあると言われたから、観るのが楽しみだ。

台東区谷中へ。谷中霊園を抜けてカヤバ珈琲。途中、色んな店を覗きながら散歩。寺を見ながら谷中銀座へ。酒屋の前でビールケースに座って、甘酒を飲んでから駄菓子屋へ。お互いの写真を撮り合ったり、野良猫を触ったり。大きな一軒家に勢い良く「ただいまぁ」と帰ってきた小学生の女の子。犬小屋から出てきた犬に目もくれず、家の中に駆け込んだ。こういうのを、普通の幸せと言うんだろう。

昼から夕方まで散々話をしたけれど、ふとした瞬間にやっぱり「峯田和伸」だ、と思う。当たり前なんだけど、やっぱり「峯田和伸」は特別なんだ。

電車で六本木へ。ラジオの収録。これも２人で丸々１時間。本当に今日は話した。またこんな日があれば良いけどな。あってくれ。

12月9日

歩いてスタジオへ。新曲を詰めていく。（おい新曲、こらぁ。てめぇ、おい。あぁ？　新曲よー。新曲の野郎がぁ、こらぁ）
事務所に集まって、メンバーでモバイルサイト用のラジオ収録。上機嫌に喋っていたけれど、途中、無神経に音を立てる事務所スタッフに腹を立てて明らかに尻すぼみに。大人になりたい。
大久保のネパール料理屋でａｎａｎ中西さん[57]、カメラマン神藤さんと。ネパール料理、難しい。会話は楽しい。

ゴールデン街へ。2軒。

その後来てくれた、フジテレビのプロデューサー、ミウラさんと朝まで話した。濃い1日。人と話すのは大事だ。知らなかった事を知れるし、何より自分自身を知れる。良い日。

12月10日

起きたらもうこんな時間。二日酔い。本を読む。曲作り。外へ出たら寒すぎて我慢出来ず、知らないおじさんにお金を払って車に乗せて貰った。(タクシー)スタジオでバンドリハ。新曲を詰めて、ライブ用の練習。

夜は鍋。酒は飲まず。楽しくファミコン。魔界村。やる事があり過ぎてパニックになりそう。でも、パニックになりそうなだけで、パニックにはならないことも知っている。なりそう、がちょうど良い。

12月11日

スタジオに着いたら誰もいない。時間を1時間間違えていた。寝不足で家を出たのに、痛恨のミス。

スタジオでバンドリハ。覇気のない、雨で肌にまとわりつくカッパのような空気。自分が発する負の空気が原因だろう。またよくない所が出た。

事務所で、モバイルサイトで公開するツアー中の動画を確認。楽屋でプリンを食っている動画を見ていて気がついた。俺、あんなプリンの食い方をしていたのか。気持ち悪い。最悪のプリンの食い方だ。プリンに申し訳ない。プリンを舐めてるとしか思えない。(ある意味、舐めてると言えば舐めてるけれど)

今まで、あんなプリンの食い方で生きてきたのが悔しい。

週刊朝日の取材。小さな記事なのに、事務所まで足を運んで貰って、丁寧なインタビュー。そんな雑誌に載せて貰えることが嬉しい。ありがとうございます。

夜は高円寺へ。神田さん[58]と。神田さん、良いなぁ。神田さんが呼んだある人の言葉が引っかかる。放って置けば良いのに気にしてしまい、嫌な状態に。客観的に見ると、明らかに自分が嫌な奴になっている。引くに引けず、仕方がなく毒を吐き続ける。吐き損。

今日は良くない。自分の小ささが前面に出た1日。こっちが悪い。

12月12日

何度も嫌な夢を見て、その度に目が覚めた。具合が悪い。最悪な気分でスタジオへ。昨日とは違って楽しくやれた。バンドって不思議だ。大きい音がうるさい時もあれば、小さい音が物足りない時もある。少し元気になった。

夜は佐藤詳悟さん[59]の事務所へ挨拶に。出来たばかりの事務所はお洒落で居心地が良かった。一緒に行ったマネージャーとーるが羨ましそうにしていた。確かに、あんな狭い事務所では息がつまるだろうな。もっと売れてでかい事務所借りてやるから。おじさんがんばるから。

佐藤さんと飯を食いながら色んな話をして、良い時間だった。あの行動力を見習いたい。しっかり先を見て考える力をつけたい。あんな風に人と付き合っていけたら、寝る前に自己嫌悪で枯葉を見つめるような遠い目をしなくて済むだろう。本当に嫌味のない、頭が良くてスマートな人。

良い気分で帰宅。入浴。就寝。

12月13日

昼に起きてスタジオへ。スタジオの近所の薬局、レジで財布が無いことに気がついて絶望する。「すみません、財布を忘れました」と言って店を出た。恥ずかしいよ、32にもなって。

スタジオでバンドリハ。新曲を詰めて、16日のライブの練習。

そうだ、やっぱり練習って言おう。今まで無理して、ずっとリハって書いてたけれど、やっぱり「バンド練習」がしっくりくる。もう無理しなくて良いんだ。これからはバンド練習って書こう。胸のつかえが取れた。本当の自分、こんにちは。

事務所で『アズミ・ハルコは行方不明』を観て、新宿へ。映画『アズミ・ハルコは行方不明』のトークショー。監督の松居大悟と30分、満員のお客さんを前に話が出来て嬉しかった。ありがとうございます。ライブハウスのステージとは違って、映画館の舞台に立つと悪いことをしているようでドキドキする。

終わってから松居大悟と、見に来てくれたひゅーいと3人でもつ焼き屋へ。ここに書く程でもない、いつもの会話。もう空気のようなもので、何も残っていない。

ただ、落ち着くなぁ、なんか良いな、という空気があっただけ。思い出せなくても大丈夫。そんな時間は大切だ。

12月14日

朝からメンズノンノの撮影。昔からやってくれているひでろうさん[60]のスタイリング。あの人が現場にいるだけで元気になる。米米CLUBのような人。何より大切な物を気付かせてくれる人。ファッション誌に載せて貰えるのはありがたい。またお願いしますー。

フジテレビで、#ハイーポールの収録。この日は、運悪くFNS歌謡祭。肩身のせまい思いをした。お前、本来こっちに出ないとダメだろう。と楽屋の貼り紙に言われているようで、なんか嫌だった。

ポール、やっぱり最高。そして、台本が元に戻っていた。また増えた。良かったよ。あっという間の6時間半。そしてこの日は年内最後の収録。と言うことでスタッフの皆さんと打ち上げ。楽しかったよ、そりゃあもう。当たり前にね。毎回やりたいよ。

たすくさんが連れて行ってくれたバーで、隣の3人組が、ストッキングを被せたグラスにシャンパンを注いでいる。そして、ZARDの負けないでを歌いながら、そのシャンパンを口移しで飲ませ合っている。その時確かに、おばさんのケツを間近で見た。何食わぬ顔で替えのストッキングを穿《は》くおばさん。どんなに離れてても１心はそばにーいるわー。

いねーよ。

下川さんと宇野君と、深夜のカレーうどん。あぁ、やってしまった。

12月15日

喉の調子が悪い。歯医者を寝過ごす。スタジオへ。歩いていると小川君から電話。時間を間違えて遅刻していた。コンビニで肉まんと、後は何を買おうかなんて能天気なことを考えながら歩いていたのが恥ずかしい。完全に肉まんの口のまま、肉まんを買えずにスタジオに到着。新曲のアレンジとライブのリハ。喉の調子が悪くて歌えず。

外は寒い。コンビニで買い物をして帰宅。飯を食って、本を読んだり、#ハイ｜

ポールをみたり。あぁ、明日不安。あっ、今4時44分だ。あー、不安。

12月16日

ＳＫＹ－ＨＩのツアーファイナルに呼んで貰って、豊洲ＰＩＴでライブ。喉の調子が気になっていたけれど、リハーサルで歌ってみてひと安心。

本番も楽しくやれた。久しぶりのアウェーでのライブ。甲子園球場での阪神戦、ビジター応援席で頑張るヤクルトファンを彷彿とさせる自分達のお客さんが愛しかった。

ＳＫＹ－ＨＩありがとう。打ち上げもせずに帰宅。具合がよくない。とにかく無事にライブが終わって良かった。

12月17日

Ｊ－ＷＡＶＥ、楽しく収録。毒を吐いたのは良いけれど、後で不安になる。カットしたら負け。我慢だ我慢。

12月18日

具合が悪い。スタジオで練習。初めてのスタジオで機材搬入に手こずる。スタジオでの作業も思うように進まず、憂鬱なものに。

夜は宇野君とお笑いコンビ、マッハスピード豪速球ガン太と。楽しい時間。同級生というのはそれだけで、過ごしてきた時間が透けて見えて、たとえそれが気のせいだとしても楽しい。馬鹿な話をしていたら元気になった。(ような気がする。いや、そう思いたい)

近々、マッハと何か一緒にやれたら良いな。

12月19日

ＢＡＲＦＯＵＴ！の連載「ツバメ・ダイアリー」の取材で野球の話を1時間。あぁ、楽しい。まるで心のマッサージ。

帰り際にＢＡＲＦＯＵＴ！のバックナンバーを読んだら懐かしい気持ちになった。今は何をしているのかもわからない懐かしいバンドの数々。そんなバンドの写真を見ていると堪らない気持ちになる。

焼けた紙の色と、埃っぽい臭い。いつかそうなる時まで、せめてその時、どこの誰かもわからないミュージシャンに「あぁ居た居たぁ」と笑って貰えるように、今必死にやろう。

歯医者へ。柴山先生、今日も丁寧に治療をしてくれました。あれは凄い。これぞ治療という内容。いつもありがとうございます。歯がどんどん良くなるなぁ。

所属レーベル、ユニバーサルでアートワークの打ち合わせ。また面白い人達と一緒に仕事が出来る。最高です。

夜はユニバーサルの皆と忘年会。今年は良い年になった。今年、ようやくそう言い合える年になった。今日した話を糧に、来年もまたこう言い合えるように頑張ろう。

12月20日

なかなか体調が良くならない。毎日楽しいけれど、体が追いついてこない。

おーい、体ー、こっちこっちー。ほらぁ、早くしないと置いて行くよ〜。

具合良くならず。事務所で表紙をやらせて貰う雑誌の打ち合わせ。好きな雑誌だし、何より編集長が面白くて凄く楽しみになった。

引き続きスタジオへ。新曲をツンツンする。

夕方から雑誌のインタビュー。先月からずっと密着して貰っている雑誌。幼少期の話をしていたら止まらなくなってしまって大変だった。あの頃、周りにいる子供も大人も、異常だった。閉鎖的な変わった街で、変な子供が変な大人になるまでをひたすら話した。今日は2時間半。これがあと2回ある。楽しみ。

事務所で、この日記をまとめる。なかなか終わらず、遅くなってしまった。申し訳ないです。レコーディングの準備や、他にもやる事が溜まっていてメルマ旬報の忘年会に行けず。悲しかった。

12月21日

具合が良くなっている。やったぜ。またスタジオへ。またかよ。もういいよ。今日も新曲をツンツンする。

ラーメン屋へ。無愛想な店員。ネギを抜いてくださいと言ったら「海苔?」と言われた。馬鹿野郎！　海苔だったら抜かねーよ。海苔好きだよ。海苔がよー、好きなんだよ。俺は海苔が好きなの。

ちくしょう、運ばれてきたラーメンには玉ネギが……。あぁ、そっちがあったか。

家で歌詞を書いたり、文章を読んだり、書いたり。天野貴元[61]さんのドキュメンタリーを見て、震えた。

12月22日

服屋に衣装を探しに。あぁ、買うの面倒くさい。試着も面倒だからせず。いくつか選んでさっさと店を出た。

今日もスタジオへ。新曲ツンツン。

Ｊ－ＷＡＶＥへ。六本木ヒルズは賑わっていた。楽しく収録をして、打ち上げ。ディレクターべーやん、ＡＤ山村君、ヤージュン日浦さん、事務所の皆と。つい遅くまで飲んでしまった。帰りはタクシーを捕まえられずに街を彷徨《さまよ》う人がゾンビのようだった。どいつもこいつも浮かれていて、年末って良いなと思った。１年間、楽しんだ人にも苦しんだ人にも、平等にチャンスがあるあの感じが好きだ。

どんなに酔って忘れても、ちゃんとまた明日は来る。

12月23日

ギターを買う覚悟を決めた。今まで何度も試奏していたあのギター。どう考えてもこれだ、とわかっているのに、値段が高過ぎて決めきれなかった。俺、ギタリストじゃないし、家でもギター練習したりしないし、大きな買い物をすると自分がすり減っていくようで怖いんだ。と意味のわからない独白をしながら先延ばしにしていた。いっそのこと売れてくれたら良いのに、いつまでも売れ残ってやがる。運命と呼ぶにはあまりにも値段が高過ぎる。

それを、ついに買うことにした。まずは店に電話。前回交渉していた値段を確認すると、店員が「いやぁ、まず購入の意思は固まってます？　ちゃんと意思が無いと。まずは決めて頂いて、はい、買うよーってことでしたら話が進みますから。こっちもお客様に委託されているものですから、はっきりした意思のもとでないと、値段の確認は出来かねるんですねー。それに、前回提示させて頂いた値段も、お客様のその時のお気持ちですから。今現在、お客様がどう思うかでまた値段も変わってきちゃいますよね。だからご購入の意思が固まったら、こちらからもう一度お客様に確認してみますが。ご購入の意思は……」

ガッチガチだよ、バカ野郎。それはもう強固な物だよ。意思だけに石のようなー。あー？　良いからさっさと聞きやがれ。値段を確認してくれ。

理屈っぽい店員に一気に削ぎ落とされた買う気を、なんとか奮い立たせ楽器屋へ。店に着くと、電話の店員が飯を食いに外に出ていると言う。今のうちにと5分で買って出てきた。これが人生で一番高い買い物だ。

その後、スタジオで明日のレコーディングに向けてアレンジを詰めた。やっぱり楽器屋の店員が嫌いだ。あいつらピーピーピーピーうるせぇ。ろくなもんじゃねぇ。

12月24日

前日遅くまで眠れず、寝不足でレコーディングへ出発。それでも好きなスタジオだから、気分は良い。セッティングをしてからヘアメイク。今日は髪とアタシの編集部に来て貰って撮影とインタビューの予定がある。今回は、髪とアタシ編集部に

ＣＤのアートワークをお願いした。

何度か演奏をして、気に入ったテイクを決めてから外へ。天気も良くて楽しい撮影。良い空気感だった。気温が低く、吹きつける風に震えながらも、どこかじんわり温かい撮影。

撮影を終えて、ライターの神田さんのインタビューを受けながら、レコーディングの続き。良いテイクが録れて、細かい修正や重ねをくり返す。飯を食ってからいよいよ歌録り。

昨日買ったギターの音が最高に良かった。納得のいく歌が録れたし、インディーズの頃の感覚を思い出した。

歌入れは、真ん中に引いてある線より少しでも奥に押し込む事が出来るかどうか、だ。

今回はそれが出来た。嬉しいレコーディングだった。

12月25日

メリークリスマス。よく寝たら具合が良くなった。飯を食って、少し飲んで、Ｄ

ＶＤをみて、楽しかった。外にも出ず、楽しい１日。ついついお菓子を食べ過ぎてしまい、「お菓子がやめられないんです〜」とビューティー・コロシアムの綾瀬はるかさん[62]のマネをしながら就寝。

明日からまたしっかりやりますからー。

12月26日

スタジオでライブの練習。終わってから事務所でレーベルの東さん、青田さんと打ち合わせ。来年の話。年末、周りが色んな発表をしているなか、表立った動きを出せていないことに焦る。今は我慢して、年末のフェスをしっかりやって、来年思いっきりやりたい。

夜は、資生堂アネッサのＣＭでお世話になった小野さん[63]、児玉さんと。

２０１２年に『憂、燦々』を作って以来の関係で、ライブに来て貰ったり、１年に何度か会ってお互いの近況を話し合ったりしている。初めてのＣＭタイアップをくれた恩人。本当に思い出に残る、大事な財産と呼べる仕事だ。だからこうして今でも関係が続いているんだと思う。実績のある大先輩が、子供扱いせず対等に接してくれるのは本当に嬉しい。頑張っていつか追いつきたい。

この日も楽しく話して、あっという間の８時間。会話をしているだけで創作意欲を掻き立てられて、良いヒントを貰った。

時々行っているマッサージの受付で、帰り際に『祐介』にサインを求められて嬉しかった。いつも優しい接客ありがとうございます。

12月27日

寝すぎた。起きてから作詞、読書。やらなければいけない事をやる。ガストの宅配で１日分の飯。

変な時間に寝てしまったせいでなかなか眠れない。朝方、ｒａｄｉｋｏのタイムフリーでビバリー昼ズ木曜日。

明日というかもう今日、大丈夫か。

12月28日

寝不足のまま大阪へ。新幹線でも寝れず、不安は募る。

会場に着いてすぐに鍼《はり》。いつもの先生、松岡さん。今日はいつも以上に痛い。浮《む》腫《く》みが原因でいつもより血が出ているから、これでだいぶ楽になると言われた。血流が悪くなって溜まっていた血が出るなんて、いかにも良くなった感じがするなぁ。

ライブは凄く楽しかった。もう広過ぎて良く分からない。MCをしていても声が反響していてちゃんと伝わっているか確信が持てない。現実味が無い。

でもそれが本質な気もする。フェスなんて予告編だ、なんて強がっていても、お客さんが入って盛り上がっていると死ぬほど嬉しいし安心してしまう。ある意味、人に伝えるという事の得体の知れなさを、これ以上無いくらいに体現している場所なのかもしれない。

東京に帰って、コンビニで買った飯を食いながらコンビニで買った酒を飲んでいる時間は、最高に現実だった。

12月29日

起きて作詞。歩いてスタジオへ。ライブの練習。また余裕が無くなって嫌な言い方をしてしまう。そう思って反省してみても出した言葉は戻らない。あんな不味い言葉、飲み込むのも嫌だしな。本当に自分で自分を罵倒したい。逆、有森さん状態。[64]

いつか自分で自分を褒められる日が来ますように。

Ｊ－ＷＡＶＥ。最高の収録。理想の形。ただ余計なことを言い過ぎて不安になる。カットしたら負け。我慢だ。

ニッポン放送へ。ミューコミプラスの生放送。毎年、年末最後のゲストに呼んで貰っていて、今年も無事出ることが出来た。こういうのは本当に嬉しいし、パーソナリティ吉田尚記《ひさのり》さんの予測不能な話に引っ張り回されるのが心地良い。また来年も出れるよう頑張ります。

やる事が溜まり過ぎていて不安だ。

あー。

12月30日

幕張へ。ライブ納めのＣＤＪ。会場に着いてからも落ち着かない。鍼を刺して貰ってから本番。会場には大勢のお客さんが。この景色をいつまで見られるか。来年は更に良い景色を見たい。

今年の目標、「ケータリングスペースで飲みすぎない」をなんとか達成。18時頃会場を後にした。

年の瀬にあれだけの人の前に立つと感覚がおかしくなる。寂しいような苦しいような、家に帰って気を抜くと何かに押し潰されそうになる。特別な感覚。

相変わらず、ネットには声が出ていなかったと書かれている。大阪の時は書かれていなかった。

俺は耳鼻科で喉を見てもらうから、お前も一緒に来い。耳を見てもらえ。

12月31日

夕方まで作詞。なんとか出す。もう言葉なんかないのに、そこを何とか、と拝み倒して出す。

夕方、桜沢君[65]が車で迎えに来てくれて出発。途中寄った楽器屋でエフェクターを買った。店員さんに、「大学生ですか？」と聞かれて複雑な気分に。このエフェクターはどんな音ですか？　と聞いたら、リッチな音と言われた。はぁ？

買ったけど。

去年の大晦日に寄った本屋にまた寄った。来年はこの本屋に自分の小説を置く、という事を密かな目標にしていた。そしてついに今日。緊張しながら店内へ。1冊だけ、申し訳なさそうに棚に刺さる『祐介』。やたらと目立つピンクが寂しかった。ちくしょうめ。

だいちゃん[66]の家へ。奥さんと、今年産まれたばかりの赤ちゃんと一緒に賑やかな年越し。飲みながらテレビをみる。高校生の頃から毎年恒例のこの時間。もう人生の半分近く、こうやって大晦日を過ごしている。

年々年越しに対する気持ちが薄れているのを感じる。昔は、年を越す前に寝てしまうなんて信じられなかったけれど、今ならそれもわかる。

途中、毎年恒例のCROSS FM「チャレラヂ」[67]の生電話。あの番組には気を許せる。ついつい解禁前の情報を解禁。

3時前には2階に上がって、敷いて貰った布団で就寝。隣には桜沢のおっさん。

さようなら、2016年。けっこう好きだったよ。ありがとう。

1月1日

こんにちは、２０１７年。何故正月は晴れるのか。雨の記憶がほとんどない。なんか怖い。昼過ぎまで布団から出られず、だらだらと過ごす。

下に降りて、雑煮を食べながら飲酒。桜沢君に、「珍しくいびきをかいてたね」と言うと、「お前もかいてたぞ、前は静かだったのに何年か前からかくようになったね」と言われた。

確実におじさんになっている。渡り老化走り隊。

だいちゃんの家族に駅まで送って貰って実家へ。

父、母、弟、弟の奥さん、甥っ子、まる子、が一堂に会する正月家族フェス。

初めて会う甥っ子が可愛かった。駅前のチェーンの居酒屋で飲酒。

帰って来て文章を書く。前に買っていたポメラをようやく使ってみた。凄く良い。なんか、仕事している、という感じがして堪らない。朝までやって寝た。

1月2日

九段下でひゅーいと宇野君と待ち合わせ。武道館へ。清水ミチコさんのライブ。もう、それはそれは最高だった。2時間半、あれだけ余計なことを考えずに楽しめたのは久しぶりだった。余計なことを考えなくて良いのは、その分相手が余計なことを考えてくれているからだろう。人を楽しませる天才はその努力を惜しまないんだろう。笑ったら仲間だぞ、というお客さん同士の共犯関係で会場が凄い空気に包まれていた。最高でした。余計なことを考えずにいられる瞬間があんなに幸せなんだと、改めて実感した。

途中、クリープハイプもやって貰いました。ありがとうございます。もっと有名になって、世代が上のお客さんにもわかってもらえるようになりたい。ここ何年かで一番売れたいと思った。正月早々、楽しめて、決意もできて、縁起の良いライブだった。

RCのスローバラードの時に、泣きそうになった。物真似が本物になる瞬間。笑いの中に本物の感動があるんだな。笑いすぎても泣くし、泣きすぎても笑うし。なんか誠実で綺麗で、無性に感動した。

終演後、挨拶の時に、ある大先輩に対してあっさりし過ぎていたという指摘が。あそこはもう1ラリーあるような空気だったと、2人からのアドバイス。でも簡単に話しかけられるような方ではない。確かに、気を遣い過ぎてしまったかもしれない。まるでライブ後の反省会。あぁ、失敗した。そこから、それが気になってしょうがなかった。ちゃんとしたいな、と結局余計なことを考えてしまう。

1月3日

夕方からスタジオへ。レコーディングに向けて曲のアレンジ。仕事始めと言っても、いつも通りに普通に過ぎた。でもそれが一番。帰って曲作り。間に合わなそうだなぁ。間に合え。間に合ってくれ、頼む。

１月４日

作業に追われている。曲を書いて、文章をかいて。締め切りに挟まれている。そうなると、やっぱりどっちも上手くいかない。ひたすらやってみるけれど、出来ない。

先月、二日酔いで打ち合わせに行ってしまって、この借りは作品で返しますと誓ったじゃないか。なんとかしないと。

気分転換に布団カバーを替えてみる。この布団カバーを替えるという行為が苦手だ。苦手だからなかなか布団カバーを替えない。毎回、どういう訳かひっくり返ったり捻《ねじ》れたり、発狂しそうになる。挙げ句の果てにイライラして無理やり捻《ね》じ込むもんだから、カバーの中で玉のようになってしまって、とんでもなく不細工な布団が出来上がる。

それでも今回、初めて成功した。ドキドキしながらひっくり返したら、綺麗な布団が出来上がった。あぁ、嬉しい。

家から出ないと決めて真面目に頑張っていても、腹が減る。いつものガスト。ただ財布に金が無い。ずいぶん前から台所の流し台の所にバラ撒いていた小銭を数えたらなんとか足りそうだ。注文。到着。配達員の方に小銭を渡す。あんなに大量の小銭を持ったのは久しぶりだ。賽銭泥棒じゃないんだから。申し訳ない。情けない。頼んでいたお茶と違うお茶が来たのも仕方がない。

その後もなかなかうまく進まない。今、時計を見ると朝の4時44分。

あーあ。

1月5日

最悪な気分で起床。常に追われている。逆にもう、締め切りを追っている。月島で鹿野さんと待ち合わせ。MUSICAの連載の取材で中央区巡り。アホみたいな強風のなか、まずは神社へお参り。昨日、小銭を全部使ってしまって、財布に金が無く、1円玉を投げ入れる。恥ずかしい。随分軽い音が鳴るのを誤魔化すために咳払い。

たいめいけんへ行って、オムライス、カツカレー、ラーメン。こういう子供が喜ぶ食べ物が好きだ。鹿野さん、今回もありがとうございました。

帰りに文房具屋へ。ずっと探していた小さい手帳をついに手に入れた。２０１４年に使っていたあの手帳。やっと見つけた。嬉しい。

スタジオで練習。明日のレコーディングへ向けて。当てずっぽうでやったら、新曲のかけらが。やっぱりこの瞬間は嬉しい。外は寒い。まるで冬みたいな冬。

1月6日

レコーディング。あるトラブルがあって大幅に開始が遅れた。とにかく大事に至らなくて良かった。

レコーディング開始。順調に進んで飯を食って歌録り。のはずが、準備に時間がかかってなかなか歌い始めることが出来ない。イライラしたら駄目だ。我慢しないとまた歌に悪い影響が出るぞ。と言い聞かせる。イライラするな。我慢だ。待て。よし、我慢出来るか？　出来そう。頑張れ。ほら。我慢出来るか？　出来るか？　出来ない。やっぱりイライラしてしまう。なんでいつもこうなってしまうんだ。

４時間かかってなんとか形に。声が嗄れてしまってこれ以上はどうにもならない。納得のいかない所は後日やり直すことに。その前に人生やり直したい。

トホホ。

1月7日

昼に、クイック・ジャパン編集長続木さんと、ライター神田さんと打ち合わせ。面白い企画を思いついた。また自分の首を絞めることになるけれど、面白い人達と面白いことを思いついたら、やるしかない。打ち合わせ終盤、恐る恐る「ビール頼んで良いですか？」と続木さんに聞いたら、「じゃあ一緒に飲もうかな」と言ってくれて嬉しかった。

事務所で打ち合わせ。ある声優さんと。必ず良い物にしたい。誠意を持って来てくれる人にはしっかり返したい。新しいことに向き合えるのは嬉しい。良い話し合いが出来ると嬉しい。

J－WAVEへ。カルチャーブロスの取材もあって賑やかだった。編集長前田さん、面白いな。蛇口が太い感じ。ディレクターのベーやんが今回も気合いの入った素材を作ってくれた。今日もSPARKしました。良い収録。

終わってから家で、飯を食おうか酒を飲もうかと迷って結局中途半端に。時間だけが過ぎて、何となく食って何となく飲んだ。スッキリしない中途半端な時間。いつもこうなってしまう。1人だと結局うまく出来ない。そのまま、何となく風呂に入って何となく仕事をして何となく映画を観て何となく寝た。

1月8日

映画を観て、文章を書く。作詞。曲作りも。最近こんな日が多くて辛い。部屋がどんどん散らかっていく。いつものガストで注文。今日は1時間15分待ちか。他にも、こんな気持ちでやるせなく注文している人がいるんだろうか。

ひたすら文章を書く。懐かしい友人と電話。

やってもやっても終わらない。明日はレコーディングだ。

1月9日

事務所で映画を観た。最高の映画。明日はその映画のパンフレットのインタビュー。楽しみでしょうがない。

レコーディングスタジオへ。前回の続き。細かく粘って詰めていく。キリがないけれど、借りがある。だからやる。

夕飯は、ここぞと言うときのラーメン屋。ギトギトのラーメンと餃子。口のまわりを、油でギラギラ光らせてレコーディングブースへ。今日の歌録りは調子が良かった。こんな日が無ければやってられないよ。そんな日。音楽の神様（そんなのいないけどな笑）がくれたご褒美。

本当に今回はやってやった。久しぶりの感触があった。

帰り際、前から渡そうと計画していたタクさんへの誕生日プレゼントをめぐって事件が。

何度か話し合いをして決めて、あらかじめコレを買いますと写真を送って貰っていた商品。レコーディング中に紙袋を見つけて、アレだろうと気にしていた。そして、帰り際。いよいよ、あっ渡すぞ、渡す。渡す感じする。ほら、カオナシが紙袋を持った。渡す。渡したー。

「これ、誕生日おめでとうございます」

あっ、あー。それだと、個人のプレゼントに。「バンドメンバーからです」って言ってくれると思ってた……。あぁ、でも、今言うのもなんか違うな。恩着せがましいか。でも言わないと伝わらないよな。そもそも、カオナシが個人で渡すつもりで、あくまで俺の意見はそのアドバイスとして受け取っていたのかもしれない。

迷っているうちに、もう完全に言えない空気に。モヤモヤしたまま帰りの車内、たまたま一緒になった小川君にこの事を話すと全く同じ気持ちだと言う。もしかしたらカオナシも、なんであの時、2人は何も言って来なかったんだろうとモヤモヤしているかもしれないし、タクさんも、なんでカオナシはわざわざみんなの前で個人的なプレゼントを渡してきたんだろうとモヤモヤしているかもしれない。

おじさんがプレゼントなんて渡そうとするからこうなるんだ。

家に帰ってコンビニで買った酒を飲みながら、録ったばかりの音源を何度も聴いた。今回はやったぞ。これが届かなかったら悔しい。何度も聴きすぎて寒くなってきた。それでも、風呂場で浴室乾燥機を入れて聴いた。何回も聴きたい気分だった。

しばらくして、風呂に入って酔って寝た。

1月10日

昼から、カルチャーブロスの企画で書店巡り。小説『祐介』が展開されているかどうかが気になって本屋に行けなくなった尾崎世界観が、勇気を振り絞って現実を直視する企画。下北沢、渋谷、銀座、有楽町、新宿と5店舗。悔しい結果。小説として認識されていなかった。本屋にも評論家にも相手にされず、音楽ファンにしか届かない現実。ちゃんと見れてよかった。悔しくてどうしようもない。とにかく出来ることから。書くしかない。必ず刺してやる。認められないなら、圧倒的に売れてねじ伏せたい。

途中、松竹へ。映画のインタビュー。初めての経験で、本当に光栄なこと。映画のパンフレットに自分のインタビューを載せて貰えるなんて。短い時間で夢中になって話した。

新宿へ。道楽亭。これもカルチャーブロスの企画で、今、興味を持っている浪曲を聴きに行くことに。最近よく名前を目にする玉川太福《だいふく》さん。中に入ると、舞台と客席の近さに驚く。お客さんも独特で新鮮な体験だった。圧倒的な物を目にすると素直になれるから嬉しい。太福さん、人柄も素晴らしかったです。

昼から深夜まで、編集長前田さん、ライター橋本さん、カメラマン菊池さんには本当にお世話になりました。

1月11日

昼にフジテレビへ。＃ハイ―ポール始め。今年も楽しいなちくしょう。ずっと書いていた文章の締め切りに追われて、収録の合間、ひたすら書く。焦っている時は、直しても直しても気になる。時間がないと自信もなくなる。なんとか最低限の形にして入稿。自分の文体の癖に吐き気がする。それでも、それ以外に書けないのだから仕方がない。早く色んな書き方を身に付けたい。書店まわりで悔しい思いをしたばかりだから尚更気になってしまう。

それにしても、ポールの収録は楽しくて救われる。

今日もカルチャーブロスの密着あり。ありがたい。お陰で調子が良かった。授業参観の時に普段よりはしゃぐ子供みたいで恥ずかしい。

清水ミチコさんの家へ。本当に楽しい時間でした。大人数で食卓を囲むのは幸せだ。細かく書く必要がない位、良い時間だった。

本当に良い日。

1月12日

朝、9時半起床。暴力的な眠気。眠いを通り越して、痛い。

ファッション誌の撮影。オフィス街で、サラリーマンやOLの視線が痛い。わざわざ「知らない」って声に出してくる奴、なんなんだろう。インタビューで大した事を言えなくて申し訳なくなる。自信がないから、服のことを話すのは難しい。

続いて、カルチャーブロスの撮影。銀座、新橋を歩きながら。途中、警備員のオッサンに怒られたり、そのオッサンに言い返したりして、無事に終了。そしてインタビュー。深い話が出来た。どうしようもない過去が昇華されていく瞬間。忘れたくても忘れられない過去が意味のある言葉になる。今回のカルチャーブロスは自分にとって大事な物になるだろうな。

移動して、高田馬場でロッキング・オン・ジャパンの撮影とインタビュー。喫茶店でクリームソーダを飲みながら、久しぶりに音楽のことをしっかり話した。ありがたい時間。今年もがんばるぞ、と当たり前のことを思えた。やっぱりここだ。しっかりやらないと。

更に移動。文藝春秋で文春オンライン連載用の写真撮影。ビルのなかの色んな場所で。屋上、地下、こんな所があったのか、と文藝春秋のことをまた深く知れた。もっと色んなことを教えてくれ。君のこと、もっと知りたいんだ。文藝春秋は居心地が良い。

今日は疲れた。弁当を買って帰宅。入浴後、切なく就寝。

1月13日

起きて、寝て、を繰り返して夕方。ビバリー昼ズ木曜日を聴きながら曲作り。カオナシと、ライブ映像の音の確認。スタジオで細かい音のチェックをしていく作業、これが本当に疲れる。もっとうまくライブをやっていればこんなことにはならないんだけど。

前日の取材のときに注意したのに、相変わらず携帯を見ている事務所スタッフ。どうしても許せなくて、今日はもう良いですよ、と言って帰って貰う。見ているとイライラして音に集中出来ないから。また面倒臭い奴だと思われただろう。でも、どうしても許せなかった。もしかしたら携帯で仕事をしていたのかもしれない。難しい。ごめんなさい。
深夜2時過ぎに終了。レコーディングエンジニアの采原《うねはら》さんには苦労をかけた。終電もない深夜、事務所スタッフは居ない。カオナシが帰れなくなってしまった。あぁ、余計なことをした。申し訳ない。

1月14日

J−WAVEへ。SPARK、最高。自分自身、番組スタッフ、リスナー、それぞれのピントが合ってきた気がする。もっと聴いて欲しい。ラジオとして認めて欲しい。
スタジオで、昨日に引き続きライブ音源のミックス作業。粘って細かい作業をくり返す。長い時間大きな音を聴いていると疲れてきて、もういいか、と妥協してしまいそうになる。
それでもなんとか良い状態になった。終わった途端、ぐったりと疲れた。外は極寒の深夜。(宮本)
帰り際に、タクさんから「プレゼントありがとうございました」という言葉。何なんだよ。急展開をみせたプレゼント問題、一体何があった。

ｒａｄｉｋｏのタイムフリーでよなよな…火曜日、最高。

原稿の締め切りが大変な事になっている。もう絶対無理だ。逃げよう。

1月15日

起きてから、ひたすら原稿。書いても書いても終わらない。その癖、少し書き上がるたびに、有森さんスタイルで自分で自分を褒めてしまうからなかなか作業が進まない。とにかく書いた。

深夜から音源のミックス作業。おそらく朝までだろう。そしておそらくまた、自分で自分を褒めるだろう。

そして、朝６時半に帰宅。案の定……

褒めちゃいました！[68]（谷口浩美さんスタイル）

1月16日

事務所で、若林さん[69]と今後のライブについての打ち合わせ。思い切って話したいことを話した。誰にも言っていないことを。良い打ち合わせになって良かった。

移動して、ＢＡＲＦＯＵＴ！のインタビューと連載の取材。今回も編集長山崎さん、編集の岡田さんにお世話になりました。毎回、仕事というより、マッサージのような癒しの時間。ありがたい。

両国へ。入江喜和先生、新井英樹先生の家へ。今回も楽しい時間。毎回実家に帰ったような気持ちになる。久しぶりにコタツに入ったなぁ。いつもありがとうございます。途中で新井さんが話してくれた「沈黙」についての話。あれは今後の作品作りの大きなヒントになると思う。これで書きたいことが揃った。

帰りに、なか卯でうどんとビール。なんでだ。お前、いっぱい食べて腹いっぱいだろう。なんでだ。

とても良い日。

1月17日

昼過ぎからＣＤのマスタリング。音の確認と、曲間の調整。

終わってからメンバーを誘って焼肉。今年と来年のことを。ものすごい勢いで愚痴を言ってしまって帰ってから落ち込む。あれなんなんだろうな。相当溜まっていたんだろう。器の小ささに愕然とする。まるで、タレを入れる小皿だ。

とても良くない日。

1月18日

曲作り。夕方、舞い降りる。天使のメロディー。やったぜ。

渋谷のラジオへ。今日は楽しみにしていた寄藤文平さんの番組。着いたら気難しそうな女性。挨拶しても知らん顔。スタジオから出てきた自分の担当している出演者には物凄く愛想の良い対応。なんだか一蘭のテーブルみたいな人だ。文平さん到着。すぐに本番。2時間40分があっという間。文平さん、好きなんだよなぁ。今日の放送は自分でも聴きたい。これが会話だ、という会話。逆に、これは会話じゃないな、という会話もある。文平さんの話はいつも優しい。楽しくやれました。ありがとうございました。

俺は性格の悪いクズだけど、周りの人達になんとかして貰っている。いつか消されてしまうかもしれないけれど、それまで精一杯やりたい。

1月19日

マンションの工事がうるさくて、寝れない。迷惑だ。早く終わってください。曲を作って、文章を書く。そして、この日記の整理。読み返すと、今月はずいぶん荒《すさ》んでいるな。

嫌われたくないな、と思っても書いてしまう。

でも、たとえ不細工な感情だったとしても、残っているのは嬉しい。忘れてしまいたいことと、忘れてはいけないことの違いはわかる。

読み返して恥ずかしいのは、今月もしっかり生きた証拠。

1月20日

昼間、唸《うな》りながら書いて、夕方からスタジオ。新曲を詰める。終わってからまた書く。もう文章を書くことに対する感覚が麻痺している。大変だー。

文春オンラインの連載のプレッシャーが凄くて、なかなか思い通りに書けない。だって、なんか怖いんだもん。周りの執筆陣が凄いし、また叩かれそうで。

１月21日

昨日と同じく、昼間、唸りながら書いて夕方からスタジオ。新曲を詰める、そしてライブの練習。もう文章を書くことに対する感覚が麻痺している、という感覚も麻痺してきた。本当に大変だー。

毎日毎日、寒い。コンビニで雑誌を手に取って、「何が○テ○○ー○だよ」とその雑誌を頭の中でけなした直後に紙で手を切った。ちっくしょー、許さねーからな。

新曲が良さそう。これは、なんか良さそう。

１月22日

Ｊ－ＷＡＶＥへ。飯を買いに出たら、六本木ヒルズ内でエレベーターを探して迷った。ぐるぐるまわっているうちに、悲しくてやりきれなくなった。そうまでして食った麻婆丼は、多くて食べきれなかった。

収録、楽しい。スタッフ、リスナー、皆さんのお陰です。

品川へ。文藝春秋の篠原さん、ａ．ｋ．ａ．篠原文春と待ち合わせて、立川談春さんの独演会。「居残り佐平次」を品川で聞ける幸せ。圧倒的な言葉の力を感じた。自分が持っている言葉の心許なさにため息が出る。本当に素晴らしかった。最高。

差し入れを用意していない俺を気遣って、これ2人からです、と言ってくれた篠原さん。優しいやないかい！　ありがとうございます。

伊賀さんも合流して打ち上げ。楽しい時間はあっという間で、気づけば朝の4時。帰りに伊賀さんが、また近道を教えてくれた。歩く道だけでなく、人生の遠回り（良い意味の）も教えてくれる好漢。

それにしても、「居残り佐平次」凄かった。映画『幕末太陽傳』をまた観たくなった。いのさーん。

1月23日

朝方、玄関付近で寝ていた。二日酔い。慌てて風呂に入ってから、寝室で寝た。

歯医者へ。治療前に、柴山先生が炎症についての講義をしてくれた。わかりやすい砕けた言葉で難しい体の仕組を勉強。

「うわっまじか、やべー」って細胞が〜、という口調だから、わかりやすくしっかり頭に入ってくる。

今日も、会話している時と治療している時の落差にやられた。女子だったら惚れている。

本屋へ。４冊買った。本屋で本を買う瞬間は、幸せだ。レジで店員さんが、何度もカバーをかけ直している。最後はプレッシャーから逃れる為なのか、こっちに背を向けてなんとか成功。やっぱり仕上げの瞬間に「クシャッ」ってなってしまったけれど、良いよおじさん気にしない。

スタジオへ。（またかよ）新曲のデモ音源の歌入れをしてからライブの練習。セットリストがインディーズの頃の曲ばかりで、なんか、やりながら泣きそうになる。色々思い出す。

1月24日

この日はライブ始め。「ひめはじめ」というふざけたイベント。昔から数えきれない程ライブをしてきた、下北沢デイジーバー[70]というライブハウス。お客さんも、デイジーバーでライブをするクリープハイプを大事にしてくれていて、それが嬉しい。

気が緩んだのか、寝坊をした。最近、iPhoneの電池の減りが早くて、一度電池が切れると、充電をしても電源がつくまでにかなりの時間がかかる。この日も充電を待つ間に二度寝したら、それでもうポンや。起きたらパーンや！　最悪や。

ライブは楽しくやれました。話したいことと、歌いたい歌。自分が育った実家のようなライブハウスに対する感謝も憎悪も気恥ずかしさも、出した。出せた。

本当にお客さんに感謝している。

それにしても、バンドをやるのは疲れる。打ち上げを終えて家に帰ってきて、最悪な気持ちで寝た。詳しく書くのも馬鹿らしい。と言うか面倒臭い。

1月25日

昼、フジテレビへ。#ハイ_ポールの収録。なんだよ、楽しいよ。うるせーな、わかってるよ。いつもそうなんだから、楽しいに決まってるだろ。

(あまりにも楽し過ぎて、楽しさに対する反抗期に突入しました)

滑り込みで神楽坂の赤城神社へ。伊賀さんと待ち合わせ。講談師、神田松之丞独演会。ようやく見れた。凄い。ねじ伏せられた。本物の芸を見ると恥ずかしくなる。それと同時に、「詐欺師」として開き直れる。だから本物を見ることは大事なんだ。隣の席に座るおじさんの口から歴史の風（口臭）が。なんとか受付で貰ったチラシを口に当てて、インクの匂いでカバー。

伊賀さんと、３日前と同じ店で飲酒。今回は控えめに、大人の飲み方を。

伊賀さん、毎回毎回楽しい時間をありがとうございます。どうかこれからも天保水滸伝のような、キリがない付き合いを。

1月26日

Ｊ－ＷＡＶＥへ。今回もＳＰＡＲＫ。最近良いね。良いよ。楽しいな。

終わってからマイヘア（Ｍｙ Ｈａｉｒ ｉｓ Ｂａｄ）椎木[71]と待ち合わせ。前に連れて行って貰ったことのある寿司屋へ。背伸びをしてみたけれど、会計の時に足りなかったら恥ずかしいから、念の為に連れて行ってくれたＤＩＧＡＷＥＬ西村さんに電話をして、大体の相場の確認。無事に入店。

何を食っても「おいしい」と感動する「おい椎木」状態の椎木。でも、こうやって素直に感動して貰えたら店を決めた人は嬉しいよな。連れて来てよかったと思うよな。今まで色んな人に色んな店に連れて行って貰ったけれど、こんな風に素直に気持ちを表現することは出来ていなかったはずだ。思っていても出さなければ無かったことになってしまう。深く反省した。

調子に乗って2軒目、3軒目。途中、家に寄ってオススメの本を貸したりして。初めて2人で飲んだ。楽しい日だった。

新潟から東京までバスに乗って、クリープハイプのライブに通っていたひょろひょろの青年が、ロックスターになるなんて。

追伸

あれから数日後、気がつくと部屋の棚（大事な物を飾っている）の一番良い所にマイヘアのCDが飾ってあった。あの野郎！　と思って、今でもそのままにしている。

1月27日

二日酔いと共に、女性と上野動物園へ。久しぶりで楽しかった。居心地悪そうに檻の中を歩き回るヒグマに自分を重ねてしまうくらいには、参っている。獣の臭いが懐かしい。閉園間際の動物園のお客さんに嫌な感じの人は居ない。さっさと引っ込んでしまった動物達に取り残された寂しさがそうさせるのか。1時間しか居られなかったのが残念だ。また行きたい。

アメ横で、高級時計のニセモノを買った。1200円。上野、御徒町、末広町と散歩。

今日は暖かくて良かった。酒も飲まず、健康的な日。

幸せだったなぁ。

1月28日

TSUTAYA本社で、アルバム『世界観』のトークイベント。司会は宇野君。最前列の賑やかな2人組が気になってしまい、途中、集中出来ず。他のお客さんは皆大人しく聞いてくれていた。でも、珍しいタイプで、貴重なお客さんだと思う。クリープハイプのお客さんは大人しい人が多いから。自分とは真逆の性格の人が、自分の作品を好きになってくれる、それを人は～？

奇跡と呼ぶのでしょ～！

移動して、魁！ミュージック。峯田さんとの対談。前回の対談の時に、定期的にやりたいと話していたら、本当に実現した。ありがとうございます。素晴らしい機会を貰って、素晴らしい時間を過ごした。

家で作詞作曲。途中、クリープハイプの一番最初のドラマー、市川君に電話。運悪く、いつも彼の家に入り浸っている嫌いな奴が居て、そいつに「あの亜人のエンディング曲はおかしい。ちゃんとアニメをみて、もっと理解して作らないとダメだ」というようなことを言われた。

32歳で実家暮らし。風邪薬と睡眠薬でラリってコンビニで万引きしたり、パチンコ狂いで借金が膨れ上がっているお前に言われたくないよ。

あー、本当に悔しい。必死でやってるよ。俺のことなんかほっとけよ。お前はお前を頑張れよ。ボケナス。

1月29日

午後から、雑誌クイック・ジャパンの取材で小岩へ。早く着いて松屋。ごはんがヌルヌルで気持ち悪い。油のおかゆみたいで、仕方なく肉だけ食べた。でも、実に小岩らしい牛丼だった。

向かいにあるCD屋へ。今時珍しい個人経営のCD屋。記念に古い洋楽のCDを買った。

編集長続木さん、ライター神田さん、カメラマン荻原楽太郎さんと合流。

まずは、喫茶店「木の実」で今日の流れを確認。地蔵通り。初めて行った思い出のピンサロ「ガチンコファイトクラブ」は無くなっていた。風俗店の代わりに飲食店が増えて、爪楊枝をくわえて大股開きで歩くチンピラも、どことなく寂しそうに見えた。

街全体に影が落ちていて、空気に膜がかかった感じ。酸素が全部、誰かのため息で出来ているようなそんな街。すれ違う人がみんな自分より不幸に見える。そして立ち止まってウロウロしている人が全員、売人に見える。

そしていよいよ、本日のメインイベント。

新作『もうすぐ着くから待っててね』にかけて、「テレクラ」初体験。ここから先は書けない。なんか心にドス黒い染みが出来た。どんな記事になるんだろう。と7/2もこ、怖かった。どうか、ともこに幸あれ。

とにかく、貴重な体験をさせて貰えてありがたい。あの煙草の臭いにまみれた狭い部屋を思い出すだけで、喉の奥が痒《かゆ》くなる。

そうだ、自分はここから出てきたんだ、と思い出した。心当たりがある臭い。

夜はスタジオへ。バンドで新曲のアレンジを詰めた。コンビニで煮物の惣菜と缶ビール。おやすみなさい。

1月30日

雑誌AERAのインタビュー。また気合いが空回りしてしまう。受け皿がしっかりしていると、どうしても行き過ぎてしまう。去年の年末から長い時間をかけて取材して貰っているから、終わるのが寂しい。

インタビュー終了後、心地の良い疲れ。自分の中に溜まっているドロドロした物を外に出す際、それは腹の中から口までの一本の道を通る。しっかり話した後は、体の真ん中に道路が出来たようで、ぐったりしてしまう。

スタジオへ。デモ音源の歌録り。引き続きアレンジ作業。

椎木と待ち合わせて、焼き鳥屋で時間を潰して、実験の夜へ。今回も、緊張感と安心感のせめぎ合い。いつだって、結果よりも過程を想う時間を大切にしたい。

終わってから椎木と何軒か。

これからもっと売れて大きな世界を見た時に、あいつは一言でも、俺の言葉を覚えているんだろうか。けっこう大事なことを話したんだけどなぁ。あいつは忘れてしまいそうだな。

まぁ、それでも良い。

代わりに俺が覚えていよう。

1月31日

昼から雑誌ＭＵＳＩＣＡの連載「東京世界観」で鹿野さんと目黒区民センター体

育館トレーニング室。初めてか、そうでないか、を問い詰める受付のおばさんの排他的な対応。お前にアスリートみたいな切迫感は求めてませんから。もっと優しくしてくださぃ。運動前のウォーミングアップは大事でしょう。心が肉離れするわ。入り口付近、マットでストレッチをしながら、若い係員と長話をしているおっさんが愛しかった。

体に負荷をかけるのは辛い。毎日毎日精神に負荷をかけてるんだから、体くらい甘やかしたい、そう思った。

最後のランニングマシンを終えた頃には汗まみれに。

移動して、銭湯へ。なかなか良い銭湯だった。鹿野さんのチンコを横目に、真面目な話。サウナにも入って大満足。フルーツ牛乳と飲むヨーグルトで乾杯。

スタジオへ。新曲がほぼ出来上がった。めでたい。仮歌を録った。あの二日酔いの打ち合わせで誓った約束を果たした。本当に良い曲。過去最高にポップな曲だと思う。これで勝負したい。

髪とアタシ編集長ミネさんと、もつ焼き屋。今日発売の雑誌、髪とアタシはもちろん、今度のＣＤのアートワークでも本当にお世話になった。ゆっくり話すのは初めてで、色々なことを知ったし知って貰った。映画を何本見ても、小説を何冊読んでも、初めての人と飲みに行くということには勝てない。

帰りに、大阪の鍼の先生、松岡さんとやりとり。責任持って俺がなんとかするからそんな事を言うな、と言って貰った。「そんな事」を言ってしまう程、苦しんでいる。誰にも助けて貰えず、１人でやっていて、そんな事を言ってくれた人は初めてだった。救われた。

2月1日

耳鼻科へ。そして、ユニバーサルで打ち合わせ。そしてまた耳鼻科。耳鼻科をはしご、ここから始まる。根気良くやっていこう。

夜は母、由美子に会う。帰りに寄った居酒屋、酒も飲まずに食った。久しぶりに由美子と飯を食えて良かった。嬉しそうに孫の話をしていた。俺も、少しずつ、親孝行しないとな。

出来たばかりの新曲を聴かせた。なかなか良い反応だった。

電車を降りて、駅からしばらく歩いていると、お洒落な飲食店の前に男女の集団。その中の1人が、「じゃあさぁ、今度はボルダリングしてからご飯ねぇ」と大声をあげた。

通り過ぎようとすると、「あっ尾崎世界観だよ」「へー」という会話。ボルダリングをしてからご飯に行こうとする人達に知って貰えているなんて、ちょっと嬉しかった。

寒かったので、知らないおじさんに金を握らせて（タクシー）帰宅。

2月2日

朝8時から、壁を削るドリルの音。全く寝れない。不規則に来る、爆音と振動。眠れないから何かしようと試みても、全く集中することが出来ない。本を読んでも頭に入ってこないし、ラジオを聴いても、耳に入ってこない。それでも、ビバリー昼ズ木曜日を意地で聴く。これを書いている今現在も、同じ状態が続いている。時刻は午後3時。文句を言おうとしても、管理会社が変わっていてどうにもならない。新しい管理会社をネットで検索してみても、全然みつからない。

あまりにもうるさくて、考えることが出来ずイライラする。自分にとっては、考えることが出来ない状況が一番辛い。逆に、どんなに嫌なことがあっても、考えることが出来れば何とかなる。だから、この世では、馬鹿と対峙するのが一番怖い。

考えない奴が怖い。

寝不足のまま、J－WAVEで生放送。楽しく話せてよかった。工事の騒音に対する愚痴を言って帰ってきた。

夜は、ロッキング・オン・ジャパンの副編集長小川さんと、同じくロッキング・オン・ジャパン元編集担当の中村さんと鍋。昔から知ってくれている2人と、学校帰りの中学生がマクドナルドでするような会話。ずっと残っていたいなと思えるのは、こういう話をしている瞬間だ。

ずっと残っていくのも難しいけれど、一瞬で消えてしまうのも難しい。それは今まで積み重ねた物があるから。2人にもだいぶ積み重ねて貰った。

ありがたい日。

2月3日

朝から事務所でヘアメイクをして、永代橋付近で雑誌AERAの撮影。ずっと警備のアルバイトをしていたビル付近での撮影。職人に蔑まれながら、それでも頑張って良かった。向かいのビルの警備のおっちゃんに、「若いんだからちゃんと手に職つけなきゃダメだ！」と言われたりして。そんな俺が、AERAで特集して貰える日が来るなんて。なんか泣きそうになった。半年間洗わなかったあの制服に袖を通したような、なんとも言えない気持ちに。（言えてるじゃねぇか！）

戻りたくない過去に戻って来たぞ。忘れてないぞ。忘れるかよ。

月島に移動して、雑誌smartの撮影。4カット、それぞれスタイリングして貰って撮影。調子に乗ってしまった。でも、ファッション誌ではそれが正しいと思う。ファッション誌で調子に乗らなければどこで調子に乗るんだ。

白金に移動して、雑誌ananの撮影とインタビュー。SEX特集に続き、今回は官能特集。ベラベラと喋りまくって、自分でも多くの発見があった。もう、それはそれは、良いこと言いたくて仕方がなかった。前傾姿勢でインタビューに答えました。いつもありがとうございます。写真も格好良くて、楽しみ。

社長夫妻と食事。色々と話を聞いて貰った。いつもいつもいつも甘えてばかりで申し訳ない。

基本的には不満ばかりなんだけど、感謝の気持ちばかりだ。不思議な感情。とにかく恩返ししたい、でも文句を言いたい。いつもありがとうございます。

社長は、毎朝起きてから、メジャーデビュー時に書いたフリーペーパーのコラム（俺が社長のことを良い感じに書いている）のページにキスをしているらしい。

わーお。

2月4日

J-WAVEへ。最高。楽しい。ようやく、地に足をつけてやれるようになった。嬉しい。やったぞ。

久しぶりにスカパラ加藤さんと。お互いの近況報告から始まって、あっという間の7時間。いつもありがとうございます。

「尾崎君は常人が超えられない所に行けてる」と言う加藤さん。

「常人ハリスン」という俺。

無視して、「やっぱり常人とは違う」という加藤さん。

「常人マイケル」という俺。

無視して、「常人じゃ出来ないよ」という加藤さん。

「常人ウィリアムス」という俺。

無視して、ちょっと呆れて、「常人じゃない」という加藤さん。

確かに、常人じゃない。馬鹿だ。

帰りは歩いて帰った。好きな人と飲んで、歩いて帰る時間は、なぜこんなにも愛しいのか。

2月5日

夕方まで作詞したり寝たり。歩いてスタジオへ。寒い。途中コンビニでスペシャルビッグフランク[73]。

この、スペシャルビッグフランクという名前はどうにかなりませんか？　レジで注文するの嫌だよ。スペシャルビッグなんて、どんだけフランクに飢えてるんだよ。あっ、小腹が空いたからフランクフルトでも、という気持ちで注文するのが恥ずかしいよ。

路地に入って、大通りに背を向けて、暗闇のなかに佇む、スペシャルビッグフランクをかじる俺。気持ち悪い。

スタジオで新曲を詰める。（おらぁ、ぶち殺すぞぉー。あー？　この野郎）

新曲、やっぱり良い。これは、もしかしたら。

事務所で軽作業をして、帰りに寄った弁当屋。前の人が券売機でモタモタしていてイライラしてしまう。ようやく順番がまわってきて、金を入れようとすると、店員さんに「申し訳ございません。前のお客さんでご飯が切れてしまいました」と言われた。

悔しいから別の弁当屋で買った、ゴムみたいなカツ丼をね。

家で、読みかけの小説を読んだ。やられた。凄すぎて、とにかく落ち込んだ。青が破れた。

2月6日

耳鼻科へ。原因がわかったから、ここから色々試しながら治していきたい。

そして、インデアンカレー。相変わらず、水攻めは健在。

昔からたまに行っていた、東京国際フォーラムのチケットぴあが潰れていた。あそこの店員、いつも変なプレッシャーかけてきたなぁ。もう今となってはそれすらも愛しい。

皆さん、今日でこの店舗は役目を終えます。今までご苦労様でした。私達は今まで数え切れない程のチケットを発券してきました。そのなかで、私はかけがえのない物を見つけました。そう、「発見」です。「発券」は「発見」のチケットだったんですね。

皆さんがこれからも、1つでも多くの発見を出来るよう、祈っています。

本当に長い間お疲れ様でした。（ピー、という音と共に最後のチケットが発券される。そしてそこには、今日の日付が印字されている）

という、店長からの最後の挨拶があったのだろうか。なかったのだろうか。

どちらにせよ、とにかく、寂しい。

日本橋で映画。『沈黙－サイレンス－』。予告編が流れる間、しゃべり続けているおばさん2人組。うるさかった。『沈黙－サイレンス－』なのにな。

せめて映画が、『お喋り天国～ちょいとそこまで帰郷編～』とか、そんなタイトルならばまだ許せるけれど、タイトル、『沈黙－サイレンス－』だからな。

映画は素晴らしかった。

なぜか中央区に居る時に限ってｉＰｈｏｎｅの電池が突然切れる。今日も待ち合わせをしている途中に切れて慌ててコンビニで充電器を買った。不思議だ。

今日もA〜日。

2月7日

具合が悪い、病院へ。インフルエンザの検査は何度やっても嫌だ。裸を見られたような気持ちになる。インフルエンザではなかった、スタジオへ。新曲を詰める。いよいよ、最終段階。ファイナルシーズンへ突入。

エゴサーチをしていて、しょうもないやりとりを見つける。今年は1回しかツアーないなんて、またバンド以外に力を入れるんですかね？ うん、そうかも。尾崎の文章は好きだけど、やっぱり歌を届けて欲しい。おまけにあのブログ見ちゃうとね……。

オーマイガー！

2月8日

三鷹のハウススタジオでMVの撮影。監督は、クイック・ジャパンの取材で小岩に行った時にお世話になった荻原楽太郎さん。

下水の臭いが充満していて、床には謎の粉塵、不気味なスタジオ内。痺れる環境で、何度も何度もくり返し撮影。ワンカットで、何度もくり返す。時間いっぱいになって、最後のテイクで決まった。全てが完璧なテイク。謎の粉塵も下水の臭いも、愛しくなるような瞬間。最小人数の現場で、居心地も良かった。

色々なトラブルで、今回はＭＶが撮れなくなりそうだと言われて、藁《わら》にもすがる思いで連絡したのが荻原さん。

本当に良かった。色々な事が思い通りに進まなくて悔しいけれど、粘り強くやるしかない。力を貸してくれる人もいる以上、しっかりやれる事をやりたい。あぁ、よかった。（花＊花）

完成が楽しみだ。

飯を食っていなかったので、移動中にケンタッキーへ。注文した後、会計をしている最中、「あの、尾崎さんですよね？」と横のお客さん。そうだけど、なんでよりによって、財布から小銭をかき集めてる時に。恥ずかし過ぎる。和風チキンカツサンドにポテト、飲み物は、太るからと気にしながらも今日だけは贅沢を、やっぱこういう時はコーラじゃなきゃねー、とペプシコーラ。という一連の葛藤を見られていたなんて。

しかも確認だけで、特に何があるわけでもない。どうして良いかがわからない。なんか、店員もニヤニヤしだして居心地が悪い。逃げるように外へ。マネージャーとーるにお願いして商品を持ってきて貰った。

しばらくの間、感じ悪くなかったか心配になって落ち込む。

病院へ。今日も地道にコツコツと。

明日のレコーディングに向けて歌詞の微調整。万全な状態になった。

2月9日

レコーディング。好きなスタジオだから気分が良い。今回はしっかり準備が出来ていたはずなのに、なかなか上手くいかない。どんどん時間が過ぎて行って、だんだん焦りが大きくなる。

それでも少しずつ進んで行く。ゆっくりゆっくり、イライラしても、死にたくなっても、ここまでやって来たもんな。そりゃあそうだ。進んで行くはずだ。トランペット、トロンボーン、サックス、スタジオミュージシャンが、もの凄いスピードでプロの仕事をして、風のように去って行った。後には、飛び上がりたくなる程に格好良くなった曲が。

飯を食って歌入れ。調子が良過ぎる。しっかり歌えた。賭けていた分がそっくりそのまま喜びになって返ってくる瞬間。終わってからぐったりして、ソファーで寝てしまう程だった。

そこからギターの重ね、コーラス録り。

終わったのは深夜5時という、完全なる、自分褒め有森さんコース。とんでもない充足感で、家に着いてから無理矢理酒を飲んだ。おめでとう、と自分で自分と有森さん乾杯したくなるような夜。

この曲で見れなかったらもう一生無理だろう。

そうまでして求めた、そんな景色を見せてくれるだろう、この曲は。

尾崎がメンズノンノに出てて笑った。あいつをイケメンだと思ったことはない。うっひゃっひゃってなる。とツイートしてる奴。

さかのぼると、「トイカメラ欲しいんだけど、良いのないかな。一眼には手が出ないしなぁ。あっ、そうなんですね、参考になりますー。フィルムは何回か挑戦したけど続かないんですよー」というツイートを見つけて、「素敵なトイカメラが見つかりますように」と思った。そして、うっひゃっひゃって思った。こんな奴に好かれたくないわ。

俺はレコーディング中に何をやってるんだ。

2月10日

＃ハイ－ポールの収録。おい、良い加減にしてくれよ、楽しいよ。あっという間に時間が過ぎるよ。前日に朝までレコーディングをしていて寝不足でも、やっぱり楽し過ぎるよ。

終わってから、ある番組の打ち合わせ。ずっと不安に思っていたけれど、打ち合わせで夢中になって話しているうちに方向性が見えてきて、少し安心した。それにしても、不安だ。でも出たい。必ず、意味のある大事な時間にしたい。2月28日[74]、それまでにしっかり固めて挑みたい。

スタジオに着いて、昨日録った曲のミックス。どんどん良くなる。音の輪郭がはっきりしてくると、自分の欲の輪郭もはっきりしてくる。どんどん研ぎ澄まされていく曲。

この曲で無理なら諦めがつく。全部投げ出して賭けてしまえるような、ヤケ糞で投げる最後の1球のような、とんでもない曲だ。

真夜中のスタジオ内で、刀のように研ぎ澄まされた曲がギラギラ光っていた。これでやるぞ。やっと勝負が出来る。

なんだかぐったりして、無理矢理酒を飲んで、無理矢理寝た。

2月11日

昼から、カオナシとラジオのコメント録り。なかなか調子が出ずに手間取るも、終盤ようやくエンジンがかかる。カオナシが少し引いていた。良いんだ、それくらい行かないと。

今更好かれようなんて思わない。そんなのは、もうとっくに諦めている。

スペシャで番組の打ち合わせ。新しく始まるレギュラー番組[75]。無事に話が進んで良かった。

恵比寿で、フジテレビ下川さんと。色々と話が出来て嬉しかった。

色んなことを考えている、という事が悪になる事が多い。特に最近、それを感じる。それはこっちの仕事だから口を出すな、という風に、芯の通った考えが余計な事になる瞬間が増えた。ガキの癖に口を出して生意気だ。そんな風に思われたって、仕方ない。頭に浮かぶんだ。湧いてくるんだ。それに、作った作品を届ける為に必死になって何が悪い。やればやる程に、馬鹿になって、孤独になっていく。一所懸命になる事を恥じるようになったら終わりだ。1人でもやってやる。

改めてそんな気持ちになった。

あー、生きづれー。

2月12日

起きたら体調が最悪の状態に。引き続き謎の微熱。J-WAVEへ。

熱くてぼやけた意識の中、言葉を引っ張り出す。これが、意外とするする出てくる。7割くらいの意識で喋ると言葉が滑る。10割になってしまうと力が強すぎて喉に引っかかるのかもしれない。勉強になる。終盤、つんのめりながらも、なんとか終了。大満足。しっかり残せたはず。

帰宅後、微熱が真熱に。辛い辛い。卵かけ御飯を肴に粉薬を一包。ベッドに沈んでさようなら。

2月13日

無理やり起きて、歯医者。柴山先生、いつもありがとうございます。治療が好き。ほら、もう好きなだけやっちゃってくださいよ、と任せられる。

喉が痛くて堪らない。どうしても我慢できず、抗生物質を飲みたくてルノアールへ。食欲なんてないけれど、バタートーストを無理やりねじ込んで、コーヒーで流し込む。強引に食後にしてから、抗生物質を投入。

ついでに原稿チェックをしてみたら、ルノアールで仕事してる、俺、今、ルノアールで仕事してる、と感動した。

それにしても、喉が痛い。

病院へ。今日は急遽、喉の治療。ここでも薬を貰う。マヌカハニー、吸入、うがい、漢方、どれをやっても効かない。唾を飲み込むのが憂鬱だ。

夜は、柴山先生、たすくさん、後から下川さんも合流して色んな話をした。柴山先生の今までを聞く。やっぱり、初めて人を深く知る瞬間が好きだ。後ろの席のうるさい団体の中に、世界で一番胡散臭《うさんくさ》い雑誌の編集長が居た。楽しい夜。

どうしようもなくなって、色々と優しくしてくれる人に変な態度をとってしまう。無責任なCMは、「痛みに負けルナ!」と言うけれど、どうにもならない。痛みに耐えきれずに、抗生物質とロキソニン。まるで、クローザーを8回裏のピンチに前倒しで投入してしまったような罪悪感。

どうしたんだよ、喉。

カルチャーブロスの原稿、すごく良くて、堪らなくなる。今まで自分が生きてきた無駄な時間が、愛おしくなった。橋本さんありがとう。

2月14日

喉が、焼けるように痛い。喉が燃えている。ボーボー。

ＢＡＲＦＯＵＴ！の連載で、野球殿堂博物館へ。係員が案内してくれていたのに、途中から編集長山崎さんが、係員に案内していた。相変わらず、ヒットエンドランのようにエキセントリックな編集長。

一通り回って、最後にオモチャのバッティングセンターのような物があった。画面に映るピッチャーが投げた球を予測して、センサーを通過する瞬間にオモチャのバットを振る。単純で他愛のないゲーム。でも、これがなかなか難しい。何回やっても当たらない。誰がやっても当たらない。どうしても諦めきれず、最後にもう一度。三振した後に、係員に、「普段やっている人達もなかなか当たらないんですか？」と聞くと、「他の方は割としっかり打てていますよ」という返答が。

ここで火がついた。こんな子供だましは眼中にない。ということで、急遽近くのバッティングセンターへ。久しぶりのバッティングセンター。自打球を足首に当ててしまった。でも、なんか嬉しかった。自打球ってなんか嬉しいよなぁ。

編集長山崎さんは、助っ人外国人のような構えから、鋭いライナーを連発。凄い。マネージャーとーるも、元野球部の意地を見せて良い打球を飛ばしていた。これでようやく気が済んで、解散。

帰り際に、編集の岡田さんがチョコレートをくれた。ありがとうございます。山崎さんと岡田さん、あの2人が揃うと、歪《いびつ》なんだけど、ちょうどいい空間になって、いつも居心地が良い。

喉が爆発している。苦しさから逃れる為、インターネットで、同じくらい喉が痛い人を探す。そうでもしないとやってられない。

作家の田丸雅智さんと、角川春樹事務所編集の岡濱さんと打ち合わせ。有意義な時間。岡濱さん、誠実な人で、関わっている本を読みたくなった。

帰ってから、まだまだ喉が痛い。おかしくなりそうになる。たまらず、喉を殴ってみたら、もっと痛くなった。

カルチャーブロスの原稿の直し。ギリギリまで粘りたい。

痛い。おやすみなさい。痛すみなさい。

2月15日

起きたら喉が、痛い。こんなに痛いのか。神経って凄いな。ウィルスって凄いな。這うように文化放送へ。声優、相坂優歌さんの番組。ロキソニンが効いてきて、なんとか喋れる状態に。

楽しく話せて、だいぶ気分も良くなった。声優さんの喋りは耳触りが良いな。

痛みが無いうちにデニーズへ。久しぶりに美味しく飯が食えた。嬉しい。

病院へ。まずは喉の痛みについて。ウィルスを殺す強めの薬を処方して貰った。もうなんでも良いから治したい。辛い。

その後、いつものを。今日も少し進んだ気がする。薬が高かった。これだけ高いんだから効くんだろう。期待大。

カルチャーブロス、ついに校了。ギリギリまで粘って迷惑をかけたけれど、迷惑をかけた分、素晴らしい物になりそう。楽しみだ。

昨日のバッティングセンターの筋肉痛が酷《ひど》い。自打球を受けた足首も痛む。でも、自打球ってなんか嬉しいなぁ。

喉の痛み、消えず。

2月16日

起きたら喉が痛い。布団の中で唸っているとマネージャーとーるから電話。時間を1時間、勘違いしていた。最悪だ。

急いで着替えて急いで出発。

ｗｅｂ媒体ＭＥＥＴＩＡのインタビュー。前から記事を書いて貰っていて、その記事が素晴らしかったから、今回のインタビューも楽しみにしていた。

思っていることを正直に話せた。今現在のことを話したインタビューでは、この何年かで一番だと思う。そんな話を引き出して貰えて嬉しかった。誠意がある人には誠意がある言葉が出る。

フリーペーパー、レコメンダーの取材。専門学校の学生がインタビューをしてくれた。引率の先生との親子のようなやりとりからくり出される質問に答えていく。なんだか懐かしい気持ちになった。こんなバンドに、大事なページを割いてインタビューして貰えてありがたい。

その学校には、バンドを組みたての頃、体験入学に行ったことがある。あの時に、胡散臭い講師から言われた悔しい言葉は、今でも覚えている。だから、今日、今までやってきて良かったと思えた。

大切な人の大切な言葉よりも、どうでもいい奴のどうでもいい言葉に突き動かされることもあるんだよな。

夜、池袋。神田さんは相変わらず可愛い人だったし、久しぶりに神藤さんとゆっくり話せた。仕事について、同じようなスタンスで頑張ってきたからいつも刺激を貰える。あんな風に人に優しく出来たらどんなに幸せか。

2月17日

朝、外壁工事の音で目覚める。喉が、痛くない。もうすっかり、喉が痛くない朝を忘れていた。喉が痛くない朝がこんなに素晴らしいなんて。幸せな気持ちで二度寝。起きてもやっぱり痛くない。ふぁー。

スタジオでカオナシとラジオのコメント録り。終わってＪ－ＷＡＶＥへ。ＧＯＬＤ ＲＵＳＨの生放送。無事に終えて事務所へ。手紙を書いたり、社長と世間話をしたり、飲みに行ったり。

あぁ、やめた。最悪なことがあった。自分の浅ましさが前面に出た1日の後半。つくづく自分という人間に呆れる。一番縁を切りたい人間なのに、切れない。

だって俺は……。

さぁ、このどうしようもない1日を、いつものコールアンドレスポンスで締めましょう。さぁ、いきますよー。

だって俺は〜?

俺だから！

2月18日

昼から夕方までこの日記の整理。大変だ。

夜に事務所へ。鍼の松岡さんに治療をして貰った。もの凄く気持ち良いマッサージの後に、もの凄く痛い鍼治療。たまらないです。

その後、松岡さんとマネージャーとーると近所のバーへ。

良い時間。

今日はゆっくり出来た。明日からまた頑張ろう。

今日は、あの、松岡さんの中臀筋マッサージを思い出しながら寝る。

2月19日

Ｊ－ＷＡＶＥへ。ＫＡＮＡ－ＢＯＯＮの鮪君と収録。話が弾んで時間が足りなくなった。良い収録。最近、楽しい。上機嫌で移動。

新潮社クラブで打ち合わせ。これがあの噂の新潮社クラブか。千早茜さんとの連載、「犬も食わない」の打ち合わせ。長時間しっかり話して、だいぶ固まった。

千早さん、ｙｏｍ ｙｏｍ編集長西村さん、ｙｏｍ ｙｏｍ編集の三重野さん、長時間ありがとうございました。

帰ってからこの日記の整理。

注解

1　長谷川カオナシ　クリープハイプのベーシスト、不思議なお方。天然を超えた、大自然！

2　#ハイ―ポール　フジテレビの深夜番組。メインキャラクター、ポールの声で出演。司会のようなものか。

3　加藤隆志　東京スカパラダイスオーケストラのギタリスト。なんでも話せる兄さん。

4　由規《よしのり》　東京ヤクルトスワローズの投手。（現在は東北楽天ゴールデンイーグルスに移籍）怪我からの復活を遂げた、苦労人。

5　aiko　歌手。中学生の頃からずっと好きで、ファンクラブに入っていた。

6　高橋真樹《まさき》　元バンドマンの先輩。古くからの付き合いで、急に時間が空いた時に、真っ先に飲みに誘いたくなる人。話していて飽きない。

7　メルマ旬報　水道橋博士が編集長を務めるメールマガジン。このメールマガジンで連載しているのが、そうだ、この苦汁100%だ。

8　小川幸慈《ゆきちか》　クリープハイプのギタリスト。いつも一緒に神宮球場に行っている。新幹線では何故かいつも隣の席。何故？

9　宇野コーヘー　放送作家なのか構成作家なのかハッキリしないけれど、歯が小さい。これだけはハッキリしている。年齢が一緒で阪神ファンの友人。

10　鹿野淳《しかのあつし》　インディーズの頃からお世話になっている人。（音楽評論家）雑誌MUSICAの連載「東京世界観」で毎月遊んでいる。文章は天下一品。（こってり）

11　入江喜和《きわ》　尾崎世界観をモデルに描いて頂いた「たそがれたかこ」は名作です。人情という簡単に使い捨ててしまいがちな言葉を丁寧に描いている。新井英樹先生の奥さん。

12　新井英樹　人の心をエグらせたら日本一。何度もエグられて、心臓のつみれ汁が出来上がりそうになった程。入江喜和先生の旦那さん。

13　伊賀大介　スタイリスト。男前で優しい、良い兄貴。趣味が合いすぎて怖い。週5で飲みたい。

14　又吉直樹　説明するのも悔しい程に、完璧な人。いつも嫉妬している。（説明しない

んかい）

15 西村浩平　ＤＩＧＡＷＥＬを作った人。家に遊びに行ったり、映画を観に行ったり、数少ない心から心を許せる人。作る服も最高。

16 よなよな…火曜日　ＡＢＣラジオの、泥で泥を愛でるような番組。（現在は木曜日に放送）素晴らしい。パーソナリティの鈴木淳史さんとはよく深夜に連絡を取り合っている。

17 スペースシャワーＴＶ　インディーズの頃からお世話になっているＴＶ局。切っても切れない縁。（切るつもりなんかないけれど）

18 市川勇人《ゆうと》　クリープハイプの元ドラマー。本当にどうしようもない人。いつも彼に、新曲を真っ先に聞かせて反応を確かめる。腐れ縁だ。

19 菅良太郎　お笑いトリオ「パンサー」のメンバー。頭が良くて優しい人。時々飲みに行って色んな話をする。

20 ＳＰＡＲＫ　Ｊ－ＷＡＶＥの深夜番組。月曜日を担当。（２０１９年３月終了）日々溜め込んだものを吐き出す、電波のエチケット袋。大切な場所。

21 チャートバスターズＲ！　ＲＫＢ毎日放送の深夜番組。ずっとお世話になっている大切な番組。番組のキャラクター、こけてぃっしゅ隊員が好き過ぎる。

22　割烹 よし田　ここの鯛茶漬けは絶品。教えたくない。（教えちゃったー）

23　神藤剛《しんとうたけし》　カメラマン。努力家で、向上心の塊。その素直さを分けて欲しい。飲みに行っても気持ちが良い人。本当に良い所を切り取ってくれる。

24　水道橋博士　芸人。浅草キッドのメンバー。この本のきっかけをくれた人。お笑いはもちろんのこと、文章を書くということへの情熱、執着心に毎回突き動かされる。

25　千早茜　小説家。ｙｏｍ ｙｏｍでの共作小説「犬も食わない」の連載を始め、お世話になっている。言葉を扱う上で、凄く頼りになる人。

26　原田光子　神宮球場で一緒にヤクルトスワローズを応援する仲間。猫を愛する優しい人。ぶっきらぼうなんだけど、放っておけない魅力がある。

27　船越明治　事務所の社長。何から何までお世話になっている。もう一周して変な関係。何かあった時に、必ず助けてくれるだろう、と思っている。

28　石崎ひゅーい　歌手。年上なのに弟のような、可愛い人。歌を歌っている時は化け物のよう。マジリスペクト。

29　古田敦也　元ヤクルトスワローズ。伝説の捕手。選手兼任監督時代の「代打、オレ」

も好きだった。背番号27。

30 小泉拓　クリープハイプのドラマー。最年長。酒に強くなく、打ち上げの2軒目にはいつも居ない。今度、あえて2軒目から呼んでみようか。

31 篠原一朗　文藝春秋の編集者。男前。小説を書くきっかけをくれた人。とにかく顔が広い。すぐ本出すんだから。出版ヤリチンと呼んでいる。

32 東小薗光宏　ユニバーサルシグマの偉い人。心の底から、レコード会社を移籍して良かったと思いたいし、思わせたい。その為に欠かせない人。

33 まる子　実家の飼い犬。弟が、近所の公園に捨てられているのを拾って来た。18歳の時、実家を出たのと入れ違いでやって来た、新しい家族。来てくれてありがとう。クリープハイプの曲、「マルコ」はまる子の歌。

34 石田美佐緒　スペースシャワーTVの石田さん。インディーズの頃からずっとお世話になっている。早く恩返しをしたい。するよ。する。

35 鳥山章剛　マネージャー。スターバックスコーヒーでバイトをしていたという理由で、トールから取って、とーると呼ばれている。車の運転が上手い。バンドのハンドルさばきの方にも期待している。

36 秋野暢子 大女優。怒られないか心配です。申し訳ないです。実際には、顔真似してないです。

37 小林光男 週刊ベースボール編集の小林さん。出会いはラジオ番組の企画で。まさか、週刊ベースボールに載る日が来るなんて。

38 甘い、からの、しょっぱい 昔から甘い物を食べると無性にしょっぱい物が食べたくなる。だからよく、食前にわざとチョコレートを食べたりする。

39 下川猛 フジテレビの下川さん。頭が良くて、ちゃんと下を見てくれる人。今何が面白いか、本当を見てる人。こうでありたい。

40 日浦潤也 J－WAVE SPARKの2代目ディレクター。音楽が好きで、センスのある人。ぶっきらぼうなんだけど、優しい。

41 渡辺資《たすく》 #ハイ－ポールのディレクター。包み隠さずに色んな事を話してくれるのは自信がある証拠で、大人だなぁ、といつも羨ましくなる。

42 松居大悟 映画監督。数々のMVや映画を一緒に作った。今は距離を置いている。また何か一緒に作るその日まで、しっかりやりたい。彼を圧倒したい。

43 なんJまとめ 主にプロ野球の記事をまとめた掲示板？ 詳しい事はよくわからない

けれど好き。

44 チプルソ　大阪のラッパー。尊敬するミュージシャン。アルバム『世界観』では、「TRUE LOVE」という曲を一緒に作った。

45 清水ミチコ　清水ミチコさんにモノマネをして貰えるという事は1つの節目だと思っている。本当に尊敬する大先輩。

46 写真新世紀　何年も前から通っている、大規模な公募の展示会。毎年楽しみにしている。

47 文平銀座　小説『祐介』の装丁を担当してくれた寄藤文平さんの事務所。とにかく居心地が良くて大好きな場所。あの場所で文平さんの話を聞くのが好きだ。

48 インデアンカレー　定期的に通っているカレー屋。嘘つかない、美味しいカレー。

49 峯田和伸　銀杏BOYZのフロントマン。中学生の頃からのロックスター。言葉に出来ないから言葉にしない。憧れの人。（したー）

50 柴山拓郎　歯科医。歯医者に対する嫌なイメージをひっくり返してくれた人。これからもよろしくお願いします。

51 尾崎太呂　甥っ子。これからどんな人間になるのか。良い伯父さんでいたい。いっぱい課金してしまいそう。

52 リリイ・シュシュのすべて　思春期の頃に多大な影響を受けた映画。トラウマ。

53 ベーやん　J-WAVEのレギュラー番組 SPARKのディレクター。毎回めちゃくちゃな事に付き合ってくれる。お陰で、ラジオが楽しくなった。

54 高橋桃子　事務所の副社長。社長の嫁。いつも冷静に事務所を見てくれている桃子さんが居なくなったら終わりだ。社長がジェンガ張りにグラグラしてるから。頼むぞ、副社長。

55 青田純一　レーベルの担当ディレクター。音楽的な事を深く話せるから助かる。ようやくしっかりしたディレクターが。良かった……。

56 鈴木健太郎　インディーズの頃にお世話になった流通会社、JAPAN MUSIC SYSTEMの偉い人。メジャーに行く時も気持ち良く送り出してくれて、恩がある。

57 中西陽子　ananの編集にこんな人が居るのか、と驚いた。中西さんみたいな人ばかりだったら、雑誌の未来は明るい。

58 神田桂一　ライター。神田さんはとにかく可愛い人。優しい人。自分に無い物を持っている。最近太ったから心配している。痩せなさい。

59　佐藤詳悟　#ハイ－ポールをやるきっかけをくれた人。他にも色んな事をしかけている。頭が良い人が好きだ。行動力がある人が好きだ。

60　中兼英朗　スタイリスト。メジャーデビューしてからずっと担当して貰っている。現場にいるだけで、空気が明るくなる。繊細な所も好きだ。

61　天野貴元《よしもと》　若くして亡くなった、アマチュア将棋の棋士。何かを焼きつけようともがく人には、強烈に惹かれる。

62　いい加減にしなさい　でもやめられない、やめられないんです〜。

63　小野健『憂、燦々』を作るきっかけをくれた人。資生堂アネッサのＣＭ監督。タイアップで楽曲を作る時の原点。ＣＭ制作会社のプロデューサー児玉さんと、３人で集まって、くだらない話をしている時間が幸せ。

64　初めて自分で自分を褒めたいと思います　元マラソン選手、有森裕子さんの名言。

65　桜沢好昭　高校の同級生。毎年一緒に年越しをしている。結婚もせず、ふらふらしていて、昔から変わらない。変わりなさい。

66　佐々木大輔　高校の同級生。毎年一緒に年越しをしている。何か放っておけない人。何でも器用にこなす。結婚して子供が生まれても変わらない。そのままでいて下さい。

67　ｃｈａｌｌｅｎｇｅラヂヲ　ＣＲＯＳＳ ＦＭの番組。怖いくらい話せる。なんか言葉が出てくる。なんだあの番組。いつもありがとうございます。

68　こけちゃいました　元マラソン選手、谷口浩美さんの名言。

69　若林敏郎　ヴィンテージロックの社長。ライブ時における精神的支柱。水のトラブルは森末さんに、ライブの事なら若林さんに。

70　下北沢Ｄａｉｓｙ Ｂａｒ　クリープハイプの家。思い入れの強いライブハウス。クリープハイプはこのライブハウスを経営する事務所に所属している。

71　椎木《しいき》知仁《ともみ》　Ｍｙ Ｈａｉｒ ｉｓ Ｂａｄのフロントマン。色々と思い入れのある人。年下のバンドマンで、心から慕ってくれているのはあいつ位だろう。

72　ともこ　テレクラ初体験で出会ったおばさん。負のオーラが凄くて、怖かった。ホテル代別で1万5000円でどう？　と言われた。

73　ついつい買ってしまう　コンビニのレジ横のアレ。揚げ物や肉まん、フランクフルト等。

74　2月28日　フジテレビのニュース番組ユアタイムに出演。生放送で緊張したけれど、忘れられない体験だった。大切な財産。

75　スペシャのヨルジュウ　白衣を着て、レディースクリニックという悩み相談のコーナーを担当している。

あとがき

なんて書いている暇はない。次から次へと1日が押し寄せて、根こそぎ明日へ持って行ってしまう。これにはもう逆らえない。

好きな人を嫌いになったり、服が汚れたり、服を洗ったり、かけたばかりのパーマがとれてきたり、毎日本当に忙しい。誰かに優しくしている暇もないんだ。

読み忘れている本、読み忘れているのも忘れている本、いつだって、買うのは簡単なのに。

それでも、自分の生活を気に入っている。だからきっとこれからも、こうだ。

今日、2017年4月23日をあとがきにかえて。

文庫版あとが記

2020年

2月1日

文庫化にともない、久しぶりに日記を書いている。これだけ空くとやっぱり書きづらい。OBが久しぶりに母校の部活の練習に顔を出した時の、あの冷えた空気を思いだす。

それにしても、まさかこんなにもどん底から始まるとは思わなかった。とにかく今、調子が悪い。表現者として、世の中に求められていない感じがすごい。

ここで必死にもがいて努力もせず、不貞腐れて酒を飲むというのがいかにも自分らしい。おまけに、最近では酒を飲んだ時にだけタバコを吸う。常々、居酒屋の喫煙所に向かうあの背中を、なんだそれと軽蔑していたのに。そんな人間にまで成り下がった。なんか吸いたくなる。吸うって良いね。吸い込むと空白が満たされて、まだまだ余裕があったということに気づかされる。
それはそうと、音楽雑誌MUSICAに載っている自分の写真を見て落ち込んだ。開いたページの中で、金髪のおまんじゅうがこっちを見ている。あわともち米で作ったあわまんじゅう！　こっちも悪いけど、それ選ぶかね。まんじゅうこわい。

さぁ、今日から書くぞ。書くからな。

2月2日

朝からずっと歌詞を書こうとしている。いつまで経っても書けず、ついに16時になった。今日中にデモ音源を提出しないと、大人に捨てられる。もういい、他でやりますと言われたら悲しい。だから頑張りたい。それでも、書けないくせに小説を読んでみたり、お菓子を食べたり、昔あった楽しいことや嬉しいことを思い出したりしてしまう。朝から何ひとつ生み出していないくせに、なんかやり遂げた人のような顔をしてゆったりしてしまう。家、怖い。16時から謎のスイッチが入って、17

時半には歌詞が書けた。これだからミュージシャンをやめられない。普段、インタビューでは偉そうに歌詞について話しているけれど、いつもこんなものだ。なんか出てくる。（ありがたい！）急遽カオナシに連絡をして、19時からスタジオを予約した。19時までヘラヘラして過ごす。

19時からスタジオでデモ音源のレコーディング。なぜか何度やっても音がうまく聞こえず、イライラし始める。こんな時に落ち着いて対処するカオナシはすごい。それでも改善せずにまたイライラする。（やめろ馬鹿！）

それを見たカオナシは、ストイックに音楽と向き合って作業をしていると思ったかもしれないけれど、この後21時から約束があるからなんだ。だから、こんな馬鹿のことは気にしないで。

なんとかレコーディングを済ませてスタジオを出た。

21時からTBSラジオACTIONのディレクター章久と待ち合わせ。番組について思うことを色々話せた。しばらく詰まっていた物が取れて、また頑張って行こうと思えた。ありがとう。

2月3日

いよいよ来週に迫った10周年のライブツアーに向けて、ゲネプロ。このスタジオとはどうも相性が悪い。思うように行かず、それでも歌い続けているうちに声が嗄れてきた。でも、声が嗄れてくるとなんか嬉しくなる。体のどこかが悪くなると少し嬉しくなってしまうのはなぜだろう。小学生の時、風邪をひいたら学校を休めたうえに優しくしてもらえた。そんな記憶のせいかもしれない。

とにかく、ゲネプロは好きじゃない。高級なスタジオを使うだけの充実した内容になっているかが気になってしまい、本番以上に妙な緊張感がある。ぐったりして帰宅。

夕方にツアーの物販が発表された。発表すると必ず「今回も安定のダサさ」とマウントを取ってくるファンがいるけれど、今回は「どうした、クリープハイプにしては珍しくデザインが良いじゃないか」ときた。もうほっといてくれ。お前には特別に無地のTシャツを売ってやる。

喉が変だ。

2月4日

鼻が変だ。（そっちかよ）

この詰まり方は風邪かもしれない。いつもツアー前になると風邪をひく。ひくなよ、ひくなよ、って思ってるのに風邪をひく。もう、ダチョウ倶楽部みたいなこの体を捨ててしまいたい。

薬を飲んでTBSラジオへ。ACTIONの生放送。打ち合わせもしっかりやって、意気込んで臨んだものの、言葉に詰まる。（鼻も）

お昼用の言葉が出てこない。考えている間に、声の張りもなくなって尻すぼみになってしまい、変な間ができてしまう。なんとかしなければいけない。

今日はゲストで澤本さんに来て頂いた。去年、ソフトバンクのCMで『ニガツノナミダ』という曲を作った時に出会った澤本さん。しっかり人を立てた上で自分の言いたいことを言う澤本さん。だからモテそうな澤本さん。謙虚なのに卑屈ではない澤本さん。卑屈なのに謙虚ではない尾崎さん。
19時過ぎに帰宅。35歳のミュージシャンが19時過ぎに帰宅するなんて恥ずかしい。コンビニで買った飯を寂しく食っている時、最高にバンドマンだと思う。その後、何も手につかず、だらだらと1日の残りをこぼした。

もったいない！

2月5日

昼に家を出た。ツアーに向け、最終のゲネプロ。今日のスタジオは前回のスタジオよりも料金が高い。売れてる人が使うスタジオだ。なぜだろう。もう、それだけで気になる。そんなに高いスタジオでやったのに、身にならなかったらどうしよう。

これじゃあ駄目だ。思わず、ゲネプロに向けてゲネプロをしたくなってくる。そんなことができるはずもなく、ゲネプロは始まった。やっぱりうまくいかなくて、ゲロ吐きそうになる。

夕方、このまま帰ってもしょぼくれて終わることが目に見えている。そこで、思い切って新宿に行くことにした。ＡＣＴＩＯＮのサブ作家、佐久間さんを誘って映画鑑賞。上映時間まで時間を潰すために入った喫茶店の汚い床とか、久しぶりに入ったミニシアターのあの感じとか、懐かしい新宿感が、勘を取り戻させてくれる。酒飲んでタバコ吸って、競輪ばかりしているフォークシンガーのドキュメンタリー。こんな時にぴったりな映画だった。関係のない誰かの人生、言葉、声、そんなものにしか救えない気持ちがある。そうでなければ、歌がある意味がない。上映後、たった一人、拍手をしたお客さんがいた。そんな寂しい拍手がとても似合っていて、ちょっと元気が出た。

その後、佐久間さんと居酒屋へ。ここには書けない、しょうもないことばかり話した。自分の中に空気が入ってくるのがわかる。一つ年上の佐久間さんとは、会話が楽だ。同じ時代を生きて、同じスターがいて、同じアイドルがいて、同じ事件を見て、そんな人との会話のテンポはたまらない。楽しくなって、夜中まで遊んでしまった。遊んだというこの感じは久しぶりだった。

新宿は汚い。人が多くて、街も怪しい。でも、ちゃんと負けてる感じがする。その負けてる感じに惹かれるし、甘えてしまう。

また来ます。

2月6日

昼に鍼へ。メガパンという鍼灸院に依存しています。もうメガパン無しではライブができない。ＭＤＭＡならぬ、ＭＧＰＮ。合成麻薬ならぬ合法鍼灸。ずっと悩まされている体の強張りを確かに取ってくれる。

終わって、谷本君の店に散髪へ。今日もうるさい谷本君。本を読んでいるのにずっと話しかけてくる谷本君。良い感じに髪を切ってくれました。ありがとう。

電車で羽田空港へ。山手線内で、隣に座った女性がカバンからクシを出して、乱暴に髪をといている。ゴシゴシゴシゴシ、毛根などおかまいなしにといていて、なんか不潔だ。そして、大声で電話をかけ始めた。もしもし、お父さん。今家？　私さ、金持ってなくて、電車賃ないの。ちょっと私の部屋見て。茶封筒ない？　茶封筒。だから茶封筒だよ。あるでしょ茶封筒。（お父さん早く見つけて）

茶封筒！　茶封筒だってば。ベッドの出窓のところに茶封筒。茶封筒ないの？　茶封筒だよ！

あった？　うん。中見てみて！（茶封筒あってよかった）２万入ってるでしょ？　え？　２千円？　おかしいよそれ。お母さんが取ったのかな。お母さんだ。取られちゃってるよそれ。（何してるのお母さん……）もういいや。じゃあ通帳にする。通帳取って、ＡＴＭでおろしておいて。駅着いたら連絡するから。じゃあね。

聞いていて疲れる。

電車を乗り継いで羽田へ。無性に菓子パンが食べたくなって、出発ロビーの自動販売機で買って食べた。無性に食べたくなったのが菓子パンだなんて、なんか恥ずかしい。機内で席について、離陸直前、何やら後ろの座席が苦汁臭い。若い女子４人組が一列になって、大きな声でしゃべっている。うるさい。でも、離陸すればしずかになるはずだ。だから飛べ。飛べ。飛んだ。

私のこの写真、面長じゃない。えっ、わたしなんて縦長だから大丈夫だよ。

そんな、どうでもいい話をえんえんしている。

飛行機は今まさに高度をあげていて、体にもかなりのGがかかっているはずだ。そんな中で日常的な会話をしていること自体がおかしい。彼女たちは、無理をしてしゃべっている。そんなの、Gに逆らってまでする話じゃないだろう。（ちなみにわたしは丸顔が好きです）

ツアー初日を控え、少しでも平穏に過ごしたい。静かにしてほしい。そうだ、角が立たないように、キャビンアテンダントに頼もう。でも、そんな時に限って近くに誰もいない。後ろはまだしゃべっている。もう我慢できない。

とその時、横に座っている小川君が後ろを向いて何かを言った。ぴたりと静まる女子４人組。訪れる静寂。もしかしたら、彼女たちはそれぞれが離れ離れになる前に最後の思い出づくりをしていたのかもしれない。そんな卒業旅行、少しでも何かを残したくて、寂しさを誤魔化すようにくだらない会話をしていたのかもしれない。耳をそばだてても、相変わらずの静寂。小川君は取り返しのつかないことをしたんじゃないか。やはり後ろには沈黙があるばかりで、返事はない。のしかかるGが重い。

今更になって、キャビンアテンダントが飲み物の注文を聞いてまわっている。気まずくて寝たふりをしていると、横で小川君がりんごジュースを注文する声が聞こえた。

彼女たちは思ったに違いない。このおっさん、私たちにあんな注意をしておいて、りんごジュースなんか飲んでやがると。

札幌は氷点下だ。街が白い。ホテルについて、部屋でじっとしていた。じとっとしていた。変な時間に寝て、夜中に起きる。そして朝になってまた寝た。

2月7日

　夜中に目がさめる。やってしまった。だらだらして、また寝た。これが一番よくない。寝過ぎるとライブに障るからだ。なぜかいつも、軽い寝不足くらいが調子が良い。

　沈んだ気持ちで会場へ。今日はツアー初日だ。ようやくたどり着いたZeppSapporo。この2000人の壁にいつもはね返されてきたけれど、今回は超えた。みよしのの弁当を食って、鍼をうってもらい、リハーサルをした。音がおかしい。水の中にいる時のように曇っている。聴きたい音が届いてこない。何度調整しても、ステージの中まで入ってこない。それならそうとこっちが潜る。

　今までなら、意地になって地上にでようともがいていたはずだ。でも、水の中でやると決めて、水の中の音でやれる場所を探る。なんとかなりそうなところを見つけてリハーサルが終わった。

　時計を見ると1時間以上が過ぎていた。やり過ぎ。

また鍼をうってもらって、本番を迎える。ステージに上がると、もの凄い歓声が聞こえる。これを待ってた。こっちもそうだけど、あっちが凄い。ずいぶん待たせて申し訳ない。札幌の２０００人が水の中から引きあげてくれる。でも、その熱気に音が吸われて、カラカラになる。その中で、１曲、２曲と重ねて音の調節をしていく。会場とステージがつながるまで、音のでっぱりに声をひっかけて耐える。音が安定するまで、ＭＣで引っ張っていく。５曲終わったころに、ようやく見えてきた。跳びはねるお客さんとお客さんの間に、変な間で跳びはねるお客さんを見つけた。そんなズレが愛しい。同じ動きをするんじゃなくて、周りから外れていくというこ と。それが盛り上がるということだと思う。中盤辺りから熱気と湿気で床がとても濡れていた。床がエロかった。当たり前だけど、ライブをやったと思った。当たり前過ぎて嬉しくなった。やっとたどり着いたけれど、このタイミングで本当に良かった。ライブ中のあの感覚と、ステージから見たあの景色は忘れないだろう。でも、思い出したいからわざと忘れたくなる。そんな景色だ。帰りは大雪だった。そんな中出待ちをしてくれているお客さん。早く帰りなさい。風邪ひくよ。

打ち上げで飯を我慢していたせいで腹が減って、結局2軒目へ。油そばが美味しかった。ユニバーサルのスタッフさんも多く来てくれてありがたかった。そして清水温泉の清水さんが大阪から来てくれた。清水さんに、自分の40代はクリープハイプと一緒にあったと言ってもらえて嬉しかった。ツアーファイナルの大阪城ホールで清水さんを泣かすぞ。頑張ろう。

2月8日

札幌から帰ってきて、モバイルサイト「太客倶楽部」のラジオ番組「太チャン！」の収録。

夜は、SEKAI NO OWARI、Saoriさんと池田大君の家へ遊びに行った。こんな家で、こんな家族の中で、何かを創作していけるなんて羨ましい。こっちは捜索することしかできない。Saoriさんのスナックのママみたいなあの感じが好きなんだよな。スナックに行ったことはないけれど。同じ男として、大君が息子を見る目が良いと思った。いつか自分も、あんな目で息子を見たい。こっちは……あー、この流れで下ネタに行きそうだから、自制します。

子供は正直でまっすぐで、白紙のようだ。その白さに触れるのが怖い。自分の汚れがすぐにバレそうだ。そう考えれば、こうやって並べる言葉も全部嘘くさい。それならば、もういっそ割り切って並べていこう。

2月9日

二日酔い。頭が痛い。風呂に入って出発。

六本木のＪ－ＷＡＶＥへ。ＴＯＫＩＯ ＨＯＴ １００の生放送。

約1年ぶりのＪ－ＷＡＶＥには色々染みついている。今日は休みだったのに、ベーやんが来てくれて横でずっとニヤニヤしてくれていた。（Ｊ－ＷＡＶＥとは色々あったんですよ）

終わって家で弁当を食う。そして曲作り。本を読んで、また曲作り。

今布団に入ってこれを書いている。これから本を読んで、文章を書いて、プロ野球のキャンプ情報を見てからラジオでも聴こうかな。

あー、夜って楽しい。

2月10日

清水ミチコさんに誘って頂いた。周りにいる方々が全員優しくて面白い。全員最高！　もう逆アウトレイジ状態だ。触れすぎて、逆に琴線が疲れた。それほどに楽しいご褒美のような夜。これがないとやってられないよ。

2月11日

ＴＢＳラジオのイベント、ＲＡＤＩＯ ＥＸＰＯでライブ。会場入りしてからの独特な空気に飲まれてた。本番も空席が目につく。懐かしいはずの光景なのに、悔しさが勝つ。会場の前の方でいつも通りに楽しんでくれているファンが浮いている。演奏がズレて、歌詞を間違えて、一枚一枚何かが剥がれていく。こんなあっけないものをまとってやっていたんだと気づく。

とても良い機会だった。

終わってからACTIONのプロデューサー長田さん、ディレクター章久、作家宇野君、サブ作家佐久間さんと会場を歩いた。長田さんが買ってくれたビールを楽屋で飲みながら談笑。いや、笑えないぞ。悔しい。もっと頑張ります。

夜はJ-WAVE日浦さんとスペシャの栗花落《つゆり》さんとどうでもいい話をした。6時間が一瞬で過ぎる。従兄弟の兄さんみたいで、本当にありがたい存在だ。散々楽しんで気が大きくなって、家に帰ってからタバコを吸ってみたら気持ち悪くなって大切な深夜を無駄にした。

曲作りをしようと思ったのに。こんなことをしているから駄目なんだ。

2月12日

昼からスタジオで新曲のアレンジを詰める作業。なかなか進まず、モヤモヤしたまま終わる。こんな時は、片付けの時に触った機材の汚れがいつまでも手に残ってるような気がする。新しいことをすると変わったと嘆かれ、同じことをしていると面白くないと捨てられる。

イレブンスポーツでヤクルト対サムスンの練習試合を観ながらニッポン放送へ。ショウアップナイターのジングルに関する雑誌の取材を受けた。ショウアップナイター大好き。

資生堂へ移動して、花椿のウェブで連載している対談をした。弁当が美味しすぎる。あんな弁当を用意してもらったら勘違いしてしまう。逆にクレームを入れてしまいそうなくらいだ。

資生堂ギャラリーへ移動。

今回は、記憶の珍味を食べるという展示を見た。

まずは、８種類の中から最も自分の記憶を刺激するにおいを選ぶ。においを選んで、奥へ移動する。そこで、そのにおいにまつわる文章が書かれた紙を受け取って読む。奥から白い服を着た怪しげな女性が出てくる。チケットを預かりますと言われる。どうやら、今読んでいる紙がチケットになっているようだ。まだ読んでいる旨を伝えると、それなら準備があるから、どのチケットか見せてくれと言われる。若干の苛立ちを隠さない女性。読み終わり、女性にチケットを渡して奥の部屋へ。説明を受けている間も、この口調が怪しげな演出なのか、さっきのチケットのくだりに対しての苛立ちなのかが気になって仕方ない。さらに奥の暗闇へ案内され、ヘッドホンを装着して不思議な音を聞きながら、暗闇で光る記憶の珍味を食べる。今まで当たり前に行ってきた、食べるという行為。ただ、美味しいということを前提にしていた流れ作業がこんなに不気味で危うい行為だったということに気がついた。食べるということは危険なことだ。口に入れて、飲み込む。それだけでも相当な覚悟が必要だ。ノイズキャンセリングのヘッドホンの裏で、自分の咀嚼音が聞こえる。不思議なにおいのそれを、なかなか飲み込めない。一人暗闇の中で、いつまでも口を動かしている自分が滑稽でおかしかった。

やっぱり、出口でヘッドホンを回収する時も女性が若干冷たいような気がする。そもそもの演出なのか、性格の相性なのか、どっちだろう。だって、この女性がもしも作者の方だったら、この後の対談めちゃくちゃ気まずいじゃないか。暗闇だから顔がハッキリ確認できないうえ、怪しい空気に飲まれて話しかける気にもなれない。
外へ出てから、作者の諏訪さんに挨拶をした。さっきの女性とは別の方だ。良かった。
対談は滞りなく無事に進んで、有意義な時間だった。
家に帰ってから、資生堂でもらったチョコレートとビスケットを食べた。
美味い！　全部美味いなちくしょう。

2月13日

眠いけれど出発。電車を乗り継いで映画の試写会へ。駅で待ち合わせていたＡＣＴＩＯＮのディレクター章久が前を歩いていたので、後ろから脅かす。これ、前からついやってしまうんだけど、何の意味があるんだろう。自分が逆の立場だったら絶対に怒る。いい加減やめたい。
試写室に着いて上映が始まる前に、配給会社の方が細やかに案内をしてくれる。隣に座っている人がテレビやラジオで見たり聴いたりしたことがある人で落ちつかない。しかも、その人が上映中ずっと寝ていて、気になって仕方がない。

上映後、最初に案内をしてくれた配給会社の方に感想を求められて、大したことが言えずに申し訳なくなる。あちこちでお客さんと配給会社の方がそういった会話をしていた。

神保町へ。ボンディでカレーを食って、意識の高い本屋で本を買って、さいまやで飲んだ。気づけば13時に待ち合わせて22時過ぎになっていた。御茶ノ水まで散歩して、駅で解散。章久君、遅くまですまなかったね。

2月14日

14時からスタジオで新曲のアレンジ。2時間やって、だいぶ見えてきた。でも、それでいいのか。またいつものやつで満足してしまうのか。かと言って、新しいものが良いものとは限らない。難しいな。その後、ツアーのセットリストを通して終わり。

事務所で飯を食ったり、放ったらかしにしていたインタビュー原稿を確認したり、寝転がったりして過ごした。

鍼へ。今日は痛かった。

家に帰って、カオナシとデータで音源のやりとり。長らくやってきた劇伴の仕事が形になってきた。良いものにしたい。

待ってろよ仙台。明日からに備える。

2月15日

仙台へ。駅でほうじ茶を買ってから、ほうじ茶が喉に良いのか悪いのかが気になって調べた。可もなく不可もなく、と書かれていてなんか悔しくなった。

仙台に着いて、牛タン弁当を食った。あの、個包装された味噌の味が濃いやつ、今まで酒盗みたいにたまに舐めてたけど、牛タンに付けるのか！　なんで今まで気がつかなかったんだろう。付けてみたらめちゃくちゃ美味いじゃないか。あんな容器に入れられたら、それ単体で成立してると思ってしまうよ。七味だけで無骨に食ってきた今までの時間が走馬灯のように蘇る。

リハーサル。低音がよく響いて、好きな鳴り方だ。でも、これは嫌な予感がする。リハーサル中に、重心を下げて、鼻よりも喉よりで歌ってみたら安定感が出た。PAの川野さんもその方が良いと言ってくれたので、そのままリハーサルを進めた。喉で歌いすぎたのか、リハーサルが終わって少し声が嗄れている。

本番、頭は良かったのに、2曲目以降音が消えた。空気が乾いて喉に張りつく。またこれがきた。ステージと客席の間に、妙な緊張感が横たわる。自分の声がどこから出て、どこへ行くのかがわからない。そもそも、リハーサルで変えてみた部分がどこだったのかもわからなくなっている。それほどの混乱だ。ただ、ここ最近は、こうなってからでも巻き返せるようになった。それなのに、巻き返せない。完全に悪い時の症状が出ている。違和感を感じたままライブが進む。焦るうちに、歌詞が飛ぶ。呆然としていても、次から次へと曲がやってくる。Aメロ、Bメロ、サビ、追いかけるだけで必死だ。

曲と曲の合間にMCを捻り出す。絶対に何か残さなければいけない。

ライブが終わった。お客さんの拍手と歓声。今までが嘘のように、ステージから見る景色が晴れる。というより、最初からそうだったんだろう。体がうまく動かなくなるということに飲み込まれた自分のせいで、大事なものを見落としていただけだ。

最後に1曲、予定にはない弾き語りをした。大丈夫じゃない自分が、大丈夫という曲を歌った。お客さんは喜んでくれた。

こんなことをしても罪滅ぼしにはならないだろう。本当に情けない。

2月16日

前日の夜、ホテルの布団に悩まされた。ベッドの上には剝きだしの布団、その下にはシーツが敷いてある。当然マットレスの上にもシーツが敷いてあるけれど、これはどういうことだろう。通常、布団は布団カバーに入っているはずだ。でも、布団はシーツの上で剝きだしになっている。仕方がなくシーツとシーツの間に体を入れてみた。やっぱり落ち着かない。鼻先には剝きだしの布団だ。よく見ると、明らかに自分のものではない毛が付いている。最悪だ。

たまらずフロントに連絡をしたら、従業員の方が来てくれた。

「手前どもはシーツを2枚用意しております」

確かに、そう聞くと何か良く感じる。2枚用意してくれるなんて、なんかお得感があるなー。

おい、じゃあ布団カバーはどうしたー？

仕方がなく、そのままシーツとシーツの間に入った。よく見ると、布団に対してシーツの方に少し遊びがある。それを折り返して、布団の上の部分にかければ、鼻先の剥きだし布団も気にならない。

いや、やっぱり気になる。

ホテルを出て会場へ。

今日はメガパンの野田社長が出張で来てくれた。魔法の鍼、鍼ーポッター！

さぁリハーサルだと意気込んだものの、前日の流れを引きずってしまって思うようにできない。

本番、不安とともにステージへ。曲と曲の合間に変な野次が飛んで空気に穴が空く。野次を飛ばすのが悪いというより、野次を飛ばせるような状況を作るこっちが悪い。曲と曲の間は、そこに立ってる演者によって変わる。良ければ引き込めるし、悪ければ舐められる。

冷たい汗をかきながらもがいた。どうすれば残せるか。せめて、言葉だけでも置いていきたい。でも、歌うのも話すのも自分だ。歌がうまくいかなければ、言葉も出てこない。普段はうまくいかないのに、こんな時だけしっかり連動している。

お客さんの表情、声、拍手、こんなにありがたいものにちゃんと返せているのか。

この野郎金返せと言ってもらえたら割り切れるのに、ステージにはどこまでも純粋なありがとうが飛んでくる。

またこうやってお客さんに生かされていく。

情けない。

終わってから、もう一回やらせてくれと思った。

もう一回やりたい。

悔しい。

2月17日

昼過ぎ、準備していた映画の劇伴をシーンごとに振り分ける作業。発注表を見ながら、音源のデータを聴き比べる。それぞれのシーンに音を振り分けていって、どうしても1つ足りないことに気がついて急いで作った。

スタジオで新曲のアレンジをした。なかなか進まない。

3日後のレコーディングまでに間に合うだろうか。

帰り道、気分転換に知らない道を歩いてみたら迷った。真っ暗な住宅街を進むたび、頼りない音を立てるビニール袋の中でどんどんからあげクンが冷めていく。俺は一体何をしているんだろう。泣きそうな顔で、真っ暗な住宅街を行く。

やっと家に着いた頃には、冷え切ったからあげクンが石のようだ。

缶ビールの味がよく似合う、苦い日。

2月18日

ＴＢＳラジオへ。ＡＣＴＩＯＮの生放送。相変わらず、緊張に飲まれてしまう。もう何ヶ月やってるんだよ。もっと上手くなりたい。

ゲストの玉袋筋太郎さんが思っていた通りの方で、よりファンになった。人を良い気分にさせる天才だと思う。番組終盤に電話で出演して頂いたはなわさんが、いつも息子と一緒にクリープハイプ聴いてますと言ってくれた。嬉しい。

スタジオへ。またかよ！

新曲のアレンジが相変わらず進まない。映画の劇伴にも新しく注文が入った。大変だ。

深夜、歌詞を書く前にこれを書いている。今日は朝までやる。
だからその前にこの日記を書いてるんだ。この後のことはほっといてくれ。
ひー。

2月19日

昼にスタジオへ。コンビニで買った昼ごはんを食べていたら事務所スタッフの中村君に話しかけられて、恥ずかしさから早く会話を切り上げたくて仕方がなかった。と言うのも、みかん入りの牛乳寒天を食べていたからだ。しょっぱい食べ物を食べる前になぜか甘い食べ物を食べたくなる変な性癖にならって牛乳寒天を手にとったけれど、さすがにスタジオで、飯を食う前に牛乳寒天から行くのはなんかおかしいだろうと思っていた。それでも時間がないので、もう行くしかない。そうやって食べ始めた矢先のことだった。中村君にも牛乳寒天にも罪はない。

新曲のアレンジと劇伴の確認作業をした。毎日毎日同じことの繰り返しで、トランス状態になってきた。あー、気持ちいい。

今日も難航、オロナインです。

夕方、BARFOUT!の連載「ツバメ・ダイアリー」で放送作家の樅野さんと対談。元芸人の樅野さんは相手の話をしっかり聞いたうえで、的確な質量の言葉を返してくれる。かと思えば勢いよく言葉を畳みかけたり、お陰で初対面とは思えないほどに肩の力を抜いて夢中で盛り上がった。改めて、会話って大事だ。お互い同じ試合を同じ環境で観ていたり、シーズン中のプロ野球に対する接し方が似ていて嬉しくなった。

事務所に戻って、メンバーと明日のレコーディングに備えた話し合い。

家に帰って甥っ子にテレビ電話。クリープハイプの『鬼』の2番Aメロ、あーもう疲れたよ、疲れたよ、疲れたよ、の部分を歌ってくれた。

確かに疲れてる。

その後、歌詞を書き始める。明日歌入れをする予定なのに、まったく書けていない。歌詞がない。井上陽水さんは歌詞あるもんな。こっちは傘があったって仕方がないんだし、交換して欲しい。

深夜、少しだけ書けて糸口が見つかる。でももうこんな時間。

ひー。2

2月20日

今日は映画の劇伴と主題歌のレコーディングだ。レコーディングスタジオに着いて、監督とプロデューサーと最終確認をした。秒単位で細かい調整をするの大変そうだな、とぼんやり思いながら、横でメモを取るカオナシを見ていた。

レコーディングが始まっても、歌詞がない。1番のサビしか書けていない。曲のアレンジも、納得がいく状態には程遠い。

それでも時間は行く。曲のベーシックを録りながら歌詞を書く。途中、叫びたくなるくらい、良い歌詞が書けた。今回ばかりはもう駄目かと思っていたけれど、土壇場で形が見えた。

次の仕事がある監督が名残惜しそうに帰っていく姿が印象的だった。責任を持って良い形にしたいと思った。

べちゃべちゃの天丼を食ってから歌入れ。今回はキーが低いせいか、思うように歌えない。ヘッドホンの音量を上げすぎて耳が痛い。耳がおかしくなる前に、なんとか終わらせたい。何度も繰り返していくうちに、だんだんと積み上がっていく。少しずつ、歌を盗むような感覚だ。情けないけれど、こうするしかない。最低限の形になった時に、改めて大音量で聴いて、間違っていなかったと思った。エイトビートの曲に対する違和感と、それを解消しようとする時の４つ打ちへの飽き。それらをちゃんと解けた。自分が信じたメロディが、絶妙なビートで鳴っている。間に合った歌詞を読んでいたら泣きそうになった。

10年同じメンバーでやっても、今こうして音楽に振りまわされていることが嬉しい。思うように歌えない体になったのと引き換えに、音楽に対する熱を手にした。まだまだ諦めたくないし、このバンドに恥ずかしいくらい期待してしまう。

レコーディングはまだ続く。また明日。

2月21日

13時にスタジオに着いた。昨日気になった箇所を歌い直す。映画のプロデューサー、寺田さんに曲を聴いてもらった。なんか涙が出てきましたと言って小さく泣く寺田さん。その時に、この曲を作って良かったと思った。望まれるタイアップと望まれないタイアップがあるのはわかっているし、何度も経験していればそれがどっちなのかも大体わかってしまう。今回のように望んでもらえるのなら、しっかりそれに応えたい。

劇伴のレコーディングは初めてで、一曲ずつ準備をしながら、思った以上に時間がかかることに戸惑う。演奏だけだし、尺も短い。でも、やっている側からすると一曲は一曲だ。どうしても力が入ってしまうし、逆にどこまで抜いて良いのかがわからない。手をかけ過ぎてもキリがないし、かえって映像の邪魔をしてしまうだろう。いつもの癖で、つい音を足してしまいそうになるのを我慢するのが大変だ。

夜、オモチャみたいなカツ丼を食べてから歌入れ。昨日残しておいた箇所をやる。

食べ物だったら残しておくのは美味いところなんだけど、歌入れで残しておくのは不味いところだ。なんとか録り終える。やっぱり良い。カオナシのコーラスが入ってより良くなった。

深夜に終了。疲れたよ。

2月22日

ACTIONのロケで春日部へ。ディレクターの章久と。一度解約したDAZNにまた入会し直した。今年からヤクルトスワローズの公式戦全試合、さらにはオープン戦まで放送とのこと。車内で食い入るように見る。ショートの守備につく助っ人外国人エスコバーに注目している。試合は逆転負け。選手はもちろん、ファンもこうして気持ちを慣らしていく。オープン戦を観ながら、こうやってシーズンに入ってからの逆転負けに対応できるメンタルを作り上げていく。

初めての春日部。街を射す暖かな日差しは、懐かしさをくれる。観光案内所に行ってから駅の向こうへ。怪しげな整骨院の前、大量のポケットティッシュと200

円の青竹踏みがカゴにぶち込まれている。しばらく見ていると、通りがかったおじさんが声をかけてきた。聞けば、整骨院の先生で商店街の副会長をしていると言う。

インタビューをお願いしたら、なんだか様子がおかしい。このご時世だから名刺をくれ。そこの椅子に座りなさい。君たちは局の下請けでしょう。ちょっと今から準備するからね。昔は私も赤坂に住んでたんだよ。商店街の副会長してるから、ラジオで流してもらったら良い宣伝になるね。下請け、大変だけど若いんだから頑張りなさい。私にもちょうど同じくらいの息子がいてね。

一向にインタビューが始まらない。

もしも映画だったら、主人公が「ねぇ……ちょっと待って……この村なんかおかしい……」ってなる時の、一見人が良さそうなのに何か怪しい雰囲気をまとった村人そのものだ。

ようやく始まったインタビューは、選民思想を前面に押し出した極端な発言ばかりでとても使えそうにない。ここは東武のヘソ頭の良い子はみんな春日部の学校に来る。東口は〜。西口は〜。

使えないよ！

武里団地へ。アジアで一番大きいこの団地にはスーパー、薬局、病院等があって、まるで小さな街だ。低く作られた棟が控えめに規則正しく並んでいて可愛らしい。大通りでは工事をしていて、黒人の警備員に、通りの向こうからやってきた別の黒人のカップルが大声で何か呼びかけた。カメルーンと返した警備員のもとへカップルが歩み寄っていく。しばらく談笑をして、連絡先を交換してお互いが別れた。元いた場所に戻っていく警備員はどこか嬉しそうな顔だ。映画のワンシーンを見たようで、凄く良い気分になった。

龍Q館へ。首都圏外郭放水路の中に入った。埃っぽい臭いと広大な敷地、その上にあるサッカーコートでは少年たちがボールを追いかけている。帰りがけに、係員の女性が「あの、存じ上げております」と声をかけてくれた。これだけしっかりした施設の案内を任されているからには色んな事情があるんだろう。その中で、言葉を選んで気持ちを伝えてくれたのが嬉しい。察しました。何かと何かがぶつかったり、何かがあるせいで何かが無くなったり、それぞれが複雑に絡み合って成り立ってるんだな。人気のないあんな場所に、要らなくなった物の置き場があるということ。何気ない言葉に気づいたり、何気ない言葉に傷ついたり、人間は忙しいな。だから愛しい、ということも存じ上げております。

帰りは雨。雨音が疲れにパチパチ響く。

2月23日

昼過ぎ、モバイルサイト「太客倶楽部」のラジオ番組「太チャン!」の収録をして、フジテレビへ。

今日は待ちに待った「#ハイ_ポール」の収録だ。3月に特番として1日だけ復活することになった。『苦汁100%』にも散々出てくるこの番組が終わってから2年半、ずっとこの日を待っていた。湾岸スタジオは相変わらず空気が澄んでいて、光が綺麗だ。エレベーターを降りたら、目に飛び込んでくるものはあの頃と変わらない。スタッフ用のクロークには、懐かしい人たちが、ずっと待っていたかのように座っている。楽屋を案内してもらって中に入っても落ちつかない。すぐに出て、クロークへ戻る。

本番前の打ち合わせと本番、やりながら忘れていたことを思いだしていく。体に空気が入ってきて、シワが伸びる。改めて、自分にとって大切な時間だったんだと実感する。あっという間の5時間だった。

ゲストで出演していたハイテンションタロット占いのキックさんが、帰り際に今年の運勢を書いた紙を手渡してくれた。そこには手書きの温かい文字で、傲慢にならないように、やらなくて良いことはやらないように、と書かれていた。今の自分に大切な言葉だ。

湾岸スタジオからの帰り道も懐かしい。高速道路から見る嘘くさいネオンが汚い。この感じが好きだった。

プロデューサーの下川さんとディレクターの資さんと打ち上げ。

またやりたい。どうかお願いします。フジテレビ大好き。

2月24日

昼からレコーディング。劇伴。劇伴。劇伴。

思うように進まない。

連日やることに追われて時間がない上に、後に待っている自分の工程を考えるとどうしても苛立ちが前に出てしまう。こっちは誰よりもやっているのに。考えても仕方がないことで頭がいっぱいになるのは、自分の器の問題なんだろうけど。（シルバニアファミリーの食器）

そんな中、レコーディングエンジニアの釆原さんは冷静に対処してくれる。スタジオ内の空気のもつれた部分を丁寧に解くような声色で、的確な言葉をくれる。あんな風になりたい。

いつまでたってもイライラが収まらず、いよいよ自分の番が来た。

歌入れの前にトイレに行ったら、鏡に映る自分の上着がなんかおかしい。よく見たら逆だった。上着が逆なのに、あんなにイライラしてたなんて。まず、人間として逆になりたい。

最悪な状態で迎えた歌入れは、なぜか良かった。おい音楽、こんなところで帳尻合わせて機嫌を取ってくるなよ。

深夜2時過ぎに帰宅。

2月25日

ＴＢＳラジオへ。ＡＣＴＩＯＮの生放送。まだだ。まだまだ足りない。どうしても、迷った時に引いてしまう。突っ込んで失敗するなら諦めもつくけれど、出さなかったら何も無いのと同じだ。はぴねすくらぶのラジオショッピングで、いつも最後の「〜さんありがとうございました」を噛むのはなぜだろう。悪口を言う時は一切噛まないのに。

渋谷のスタジオで、ＴＯＫＹＯ　ＦＭのＦＥＳＴＩＶＡＬ　ＯＵＴ内のコーナー収録。

恵比寿に移動して、スタジオでツアーに向けたリハーサル。前回の公演からだいぶ空いているうえに、しばらくレコーディングをしていたせいか、だいぶ忘れている。もう一度確かめながらセットリストを微調整した。

家に帰ってからイベンターの若林さんと電話。新型コロナウイルスの感染拡大を受けて、今後のツアーをどうしていくか話し合う。まずお客さんの安全を第一に考えてという気持ちがあって、その後ろに、クリープハイプが所属する小さな事務所が幕張メッセと大阪城ホールを中止にした時に出る損害に耐えきれるかという不安がある。チケットの払い戻し手数料だけでも莫大な損害が出る。

幕張メッセも大阪城ホールも、色んなお客さんが楽しみにしてくれていて、色んな人に支えてもらってここまで来た。こんなに大勢がチケットを買ってライブを楽しみにしてくれることは今後二度とないかもしれない。駄目でもまたやり直せばいい。外野はそう言うけれど、積み上げてきた肌感覚でもう一度同じところまで行くのがどれだけ困難かがわかる。

簡単に中止にはできない。でも、お客さんの安全、健康があってこそのライブだ。日に日に状況が変わって行く。しっかり考えて、早く決めたい。

2月26日

起きたら世の中が変わっていた。大規模なイベントの自粛要請が出て、イベントが軒並み中止になっていく。積み上げたものがたやすく流れるのを、ただぼうっと見てた。液晶画面に表示された文言は、どれも何かを押し殺してる。

クリープハイプも3公演の延期を決めた。

よくやった。英断だと思う。そんな言葉が欲しくて音楽をやっているんじゃない。今までの例を踏まえて、決断はお早めに。そんな簡単に捨てられるか。もう売れている1万9000枚のチケットを諦めきれない。3月15日の幕張メッセに1万9000人が賭けてくれている。千葉のライブハウスにノルマを払い続けていた日々が夢のようだ。もうずっと、それを支えにやってきた。1万9000人。2万人には届かない、そんならしさもひっくるめて、自分を愛することができる。

簡単に捨てられるわけがないだろう。

大阪へ向かう。新幹線のホームもマスクだらけで、どんより濁った空気が邪魔だ。

そう言う自分だってマスクをしてるのに、よく空気の濁りがわかったな。澱んでるのはお前が吐いた二酸化炭素だということか。

新幹線の隣のサラリーマンは、弁当を食ってコーヒーを飲んで、とても忙しい。挙げ句の果てにはワゴン販売でアイスクリームを買っている。抹茶。よりによって抹茶か。そのアイスクリームがカッチカチに凍っていてスプーンがなかなか入っていかない。（ついつい気になって見ちゃってる）

しばらく時間を置いてもまだ溶けず、やっぱりカッチカチだ。しびれを切らして強引にスプーンを突きたてれば、ほらやっぱり、勢いあまってアイスクリームがこっちへ飛んできた。

でも、その気持ちよくわかります。

大阪へ着いてFM802へ。今日はROCK KIDSでオチケンさんの代打DJ。生放送で3時間、右も左もどころか、前も後ろもわからない。ディレクターの岡井さんに助けられて、なんとか3時間やりきることができた。

塚越さんが『愛す』のリミックスを作ってきてくれて、それを番組内でオンエアしたんだけど、ありがたくてたまらなかった。

やっぱり、落ち込んでいる時は802に行くにかぎる。好きな人がいっぱいいて、何より音楽を音楽のまま、誇りをもって世に出してくれる。音楽を音楽のまま、そんなの当たり前のことなんだけど、そうじゃないことだってある。

良かったよ、802が3桁で。もし4桁だったら好きすぎて銀行口座の暗証番号にするところだよ。

そしたらすぐバレちゃうじゃないか。


メガパンの野田社長が遅くまで待っていてくれて、鍼をさしてくれた。本来であれば、明日のライブに向けた施術だったのに。さすたびに、空気が抜ける。抜いても抜いてもふくらむ。

ただただ悔しい。


野田社長と軽く飲みに行って、時計を見たら朝の6時半だった。

なんで？

2月27日

大阪から東京へ帰る新幹線の中、真後ろの席から爆音のイビキが聞こえる。振り向いてもイビキをかいてる人は見当たらない。不思議に思って辺りを見渡せば、3列後ろの一番隅に口を開けて寝ている中年男性を見つけた。皆がマスクをしている中、こういう人だっている。

品川駅に着いても、マスク、マスク、マスクだ。

異常な道を歩きながら、もう名古屋公演を諦めていた。新幹線の中で分刻みで変わる状況を検索しながら、昨日出待ちしてくれていたお客さんのチケットを思いだした。絶対に払い戻しをしたくないから願掛けでサインしてください、そう言って差し出されてサインを書いたチケットを。力強く差し出すその手に対して、自分の手は弱々しく、うつむいてミミズがのたくったような線を引いたんだった。あの気持ちに応えるにはどうすれば良いのだろう。

家に帰っても状況は悪くなっていくばかり。ライブやイベントだけでなく、学校まで休校になるという。

社長に電話をして、この先の予定を話し合う。電話で話をしながら、今の状況をドキュメンタリーにするという案を思いついた。

すぐに松居君に連絡をしたら、大きな仕事があって、どうしても動けないという返事が来た。彼も親身になって、色々気にかけてくれていた。

それにしても先が見えない。

空いた時間で曲を作ろう。やるべきことをやろうと思ったのに、結局何も手つかずで終わってしまった。

どうしたらライブが出来るか。何もせずに終わるのは嫌だ。

2月28日

ニュースを見るたびに気が沈んでいく。もう、新型コロナウイルスという文字にした。

も飽きた。社長と、イベンターの若林さん、それぞれに電話をして今後について話した。

名古屋公演の中止が決まる。名古屋は会場の空きがなく、振替公演もできないと言う。悔しいし、情けない。世間の流れを無視して、強引にでもライブをやりたい。そんなことはしないけれど、思ってることを吐き出すのは自由だ。我慢することも大切だけど、自分の中にある気持ちまで無かったことにする必要はない。ライブをやりたい。ライブに行きたい。その気持ちを言葉にすることは自由だ。閉じていく世間に流される必要はない。買い溜めに走る人間は、思いも、言葉も、内側に溜め込んでいくんだろう。

手に入れるのは、今必要な物だけでいい。だから、必要な時に必要な言葉を吐く。

今日は多く文章を書いた。いつか必ず作品にして、叩きつけたい。

2月29日

起きてから曲作り。カオナシに電話をして、頭の中にあるイメージを伝えた。作ってもらった音をデータで送ってもらう。そこから膨らませようとしたけれど、どうにもならない。諦めて文章を書く。(カオナシの努力はどうしたの?)

とにかく、何かを作っていないと落ち着かない。ぽっかり空いて、目の前にある時間が恥ずかしい。

でも、17時になったらプロ野球のオープン戦を観てしまう。これは仕方がない。投手陣がとても良い仕上がりで、期待が高まる。

夜は、スカパラの加藤さんと飲みに行った。同じようなパーカーを着て、同じようなズボンと靴をはいた加藤さんが前を歩いている。雨の降る中、傘をさして店を探す時間、この時点でもう勝ってる。今日が楽しいということを確信した。

色々な話をして、元気をもらった。

福岡のＣＲＯＳＳ　ＦＭコウズマ君からありがたい連絡が来た。こんな時に一番強いのはラジオだと思ってるから、ラジオを通して全部伝えて欲しい。と伝えて、託した。

明日からまた頑張ろう。

単行本　二〇一七年五月　文藝春秋刊

文春文庫

苦汁《くじゅう》100《ひやく》%《ぱーせんと》
濃縮還元《のうしゆくかんげん》

定価はカバーに
表示してあります

2020年5月10日　第1刷

著　者　尾崎世界観《おざきせかいかん》
発行者　花田朋子
発行所　株式会社 文藝春秋

東京都千代田区紀尾井町 3-23　〒 102-8008
TEL 03・3265・1211㈹
文藝春秋ホームページ　http://www.bunshun.co.jp

落丁、乱丁本は、お手数ですが小社製作部宛お送り下さい。送料小社負担でお取替致します。

印刷・萩原印刷　製本・加藤製本
Printed in Japan
ISBN978-4-16-791496-7